Sarah Morgan

Sombras en el corazón

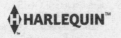

HARLEQUIN™

Editado por Harlequin Ibérica.
Una división de HarperCollins Ibérica, S.A.
Núñez de Balboa, 56
28001 Madrid

I.S.B.N.: 978-84-687-6140-4
Depósito legal: M-7984-2015
Impresión en CPI (Barcelona)
Fecha impresion para Argentina: 30.11.15
Distribuidor exclusivo para España: LOGISTA
Distribuidor para México: CODIPLYRSA
Distribuidores para Argentina: Interior, DGP, S.A. Alvarado 2118.
Cap. Fed./Buenos Aires y Gran Buenos Aires, VACCARO HNOS.

Capítulo 1

LILY se ajustó el sombrero para protegerse los ojos del intenso sol griego y dio un largo sorbo de agua de su botella.

–Nunca más.

Se sentó en el suelo ardiente y observó cómo su amiga retiraba la tierra de una pequeña porción de la zanja.

–Si alguna vez vuelvo a mencionarte la palabra «amor», quiero que me entierres en algún lugar de este yacimiento arqueológico y que no me saques nunca.

–Hay una cámara funeraria subterránea. Puedo encerrarte ahí si quieres.

–Una idea estupenda. Pon un epitafio que diga: *Aquí yace Lily, una mujer que malgastó años de su vida estudiando el origen, la evolución y el comportamiento de los humanos y, aun así, no consiguió comprender a los hombres.*

Desvió la mirada de las ruinas de la antigua ciudad de Aptera hacia el mar. Estaban en lo alto de una meseta. Tras ellas, el escarpado perfil de las Montañas Blancas destacaba en aquel entorno cálido y ante él se extendía el azul centelleante del mar de Creta. La belleza de aquel paisaje solía animarla, pero ese día no.

Brittany se incorporó y se secó la frente con el antebrazo.

–Deja de castigarte. Ese hombre es un canalla mentiroso e impostor –dijo tomando su mochila mientras miraba a un grupo de hombres enfrascados en una conversación–. Por suerte para todos nosotros, mañana vuelve a Londres junto a su esposa. Espero que Dios la ayude.

Lily se cubrió el rostro con las manos.

–No menciones a su esposa. Soy una persona horrible.

–Te dijo que estaba soltero. Te mintió. Toda la culpa es suya. Después de mañana, no tendrás que volver a verlo y yo no tendré que contenerme para evitar asesinarlo.

–¿Y si ella lo descubre y pone fin a su matrimonio?

–Entonces, tendrá la oportunidad de encontrar a alguien que la respete. Olvídate de él, Lily.

¿Cómo iba a olvidarlo si no podía dejar de pensar en ello?

–Estaba planeando nuestro futuro. Íbamos a pasar el mes de agosto recorriendo las islas griegas hasta que fue a sacar la tarjeta de crédito y sacó en su lugar una foto de su familia. Tres niños con su padre. No puedo soportarlo. ¿Cómo he podido equivocarme de esa manera? Es una línea que nunca cruzo. La familia es algo sagrado para mí. No sé qué me molesta más: si que no me conociera bien o que cumpliera todos los requisitos del hombre ideal de mi lista.

–¿Tienes una lista?

–Tengo muchas ganas de echar raíces, de formar una familia. Cuando deseas algo con muchas ganas, la toma de decisiones puede verse distorsionada, así que he tomado algunas medidas para protegerme. Sé las cualidades básicas que necesito en un hombre para que me haga feliz. Nunca salgo con nadie que no reúna los tres requisitos.

–Una buena cartera, unos hombros anchos y un gran...

–¡No! Eres terrible –dijo Lily y, a pesar de su disgusto, sonrió–. En primer lugar, tiene que ser cariñoso.

En segundo lugar, sincero. Pensé que el profesor Ashurst lo era. Por cierto, que no volveré a llamarle David nunca –añadió girándose para mirar al arqueólogo invitado que la había encandilado durante su breve y desafortunada relación–. Tienes razón. Es una babosa rastrera.

–No deberíamos perder tanto tiempo hablando de él. Ese profesor ya es historia, como esta excavación. ¿Cuál es el tercer requisito de tu lista?

–Quiero un hombre con valores familiares. Tiene que desear una familia. Ahora entiendo por qué se comportaba como un hombre familiar, porque ya era un hombre con una familia. Mi lista tiene importantes defectos.

–Tan solo deberías añadir «soltero» a tu lista. Tienes que relajarte. Deja de buscar una relación y diviértete.

–¿Te refieres al sexo? Eso no va conmigo –dijo Lily y bebió otro sorbo de agua–. Tengo que estar enamorada de un hombre para irme a la cama con él. Para mí, las dos cosas van unidas. ¿Para ti?

–No. El sexo es el sexo y el amor es el amor. Uno es divertido y el otro hay que evitarlo a toda costa.

–Yo no pienso así. Algo me pasa.

–No te pasa nada. No es un delito desear una relación. Lo único es que te arriesgas a que te rompan el corazón –dijo Brittany apartándose el sombrero de la cara–. Es increíble el calor que hace. No son ni las diez de la mañana y estoy asada.

–Es verano y esto es Creta, ¿qué esperabas?

–Ahora mismo, daría cualquier cosa por pasar unas cuantas horas en casa. En Maine no estamos acostumbrados a veranos que te fríen la piel.

–Ya habías pasado más veranos en otras excavaciones por el Mediterráneo.

–Y en todas me he quejado –dijo Brittany estirando las piernas.

Lily la miró con envidia.

–Con esos pantalones cortos, pareces Lara Croft. Tienes una piernas muy bonitas.

–Muchas horas de caminatas por terrenos inhóspitos en busca de reliquias. A mí me gustaría tener tu precioso pelo rubio –comentó Brittany–. Escucha, no malgastes más tiempo ni lágrimas en ese hombre. Sal esta noche con nosotros. Vamos a asistir a la inauguración oficial del nuevo ala del museo arqueológico y después vamos a conocer ese bar que han abierto en el puerto.

–No puedo. La agencia me ha llamado esta mañana y me ha ofrecido un trabajo de limpiadora que ha surgido a última hora.

–Lily, tienes un máster en arqueología. No deberías aceptar esa clase de empleos.

–Mi beca como investigadora no cubre el préstamo universitario y no quiero tener deudas. Además, me gusta limpiar, me relaja.

–¿Te gusta limpiar? Pareces una criatura de otro planeta.

–No hay nada más gratificante que dejar una casa reluciente, pero preferiría que el trabajo no fuera esta noche. La inauguración será divertida. Es la excusa perfecta para limpiarse todo este barro y ponerse ropa bonita, además de para ver todos esos objetos juntos. Da igual. Me concentraré en el dinero. Van a pagarme una tarifa especial. Resulta que el dueño pasa casi todo el tiempo en Estados Unidos y ha decidido venir sin previo aviso –dijo buscando en su bolso la crema solar–. ¿Te imaginas ser tan rica como para no poder decidir en cuál de tus casas vas a dormir?

–¿Cómo se llama?

–Ni idea. La empresa es muy discreta. Tenemos que llegar a una hora determinada y entonces su equipo de seguridad nos dejará pasar. Cuatro horas más tarde, ingresaré una bonita suma de dinero en mi cuenta bancaria.

—¿Cuatro horas? ¿Vais a ser cinco durante cuatro horas para limpiar una sola casa? —inquirió Brittany llevándose la botella de agua a la boca—. ¿Qué es, un palacio?

—Una casa enorme. Me han dicho que me darán un plano cuando llegue que tendré que devolver cuando me vaya y no me permiten hacer copias.

—¿Un plano? Ahora siento curiosidad. ¿Puedo ir contigo?

—Por supuesto, porque limpiar la ducha de alguien es mucho más excitante que disfrutar de un cóctel en la terraza de un museo arqueológico mientras el sol se pone sobre el Egeo.

—Es el mar de Creta.

—Técnicamente es el Egeo. Voy a perderme una gran fiesta por sacar brillo a un suelo. Me siento como Cenicienta. ¿Y tú qué me cuentas? ¿Has quedado con alguien esta noche para animar tu aburrida vida amorosa?

—No tengo vida amorosa, tengo una vida sexual y, por suerte, no es nada aburrida.

Lily sintió una punzada de envidia.

—Quizá tengas razón. Necesito relajarme y usar a los hombres para el sexo, en vez de pensar que cada relación va a terminar en el altar. ¿Eres hija única, verdad? ¿Te hubiera gustado tener hermanos?

—No, pero crecí en una pequeña isla. Era como tener una gran familia. Todo el mundo sabía todo de los demás, desde la edad a la que aprendiste a caminar hasta las calificaciones del colegio.

—Suena maravilloso —dijo Lily y se sorprendió al oír una nota de melancolía en su voz—. En mi caso, fui una niña enfermiza y con muchos problemas, y nadie se hizo cargo de mí durante mucho tiempo. La dermatitis era terrible y siempre estaba cubierta de cremas y vendas. Nadie quería una niña que continuamente estaba enferma.

–Tonterías, Lily, estás a punto de hacerme llorar y no soy una persona sentimental.

–Olvídalo. Háblame de tu familia.

Le gustaba escuchar historias de otras familias y de sus relaciones. Brittany dio otro sorbo de agua y se ajustó el sombrero.

–Supongo que somos una familia normal. Mis padres se divorciaron cuando tenía diez años. A mi madre no le gustaba vivir en una isla. Con el tiempo, se mudó a vivir a Florida. Mi padre era ingeniero y pasaba la mayor parte del tiempo trabajando en plataformas petrolíferas por todo el mundo. Yo vivía con mi abuela en Puffin Island.

–Incluso el nombre suena bien –dijo Lily imaginándose la vida en un lugar con aquel nombre–. ¿Estabas muy unida a tu abuela?

–Sí, mucho. Murió hace unos años. Me dejó la cabaña de la playa, así que siempre tendré un sitio al que llamar hogar. Todas las semanas recibo llamadas de gente interesada en comprármela, pero no voy a venderla nunca –dijo Brittany recogiendo la toalla del suelo–. Mi abuela la llamaba la cabaña del náufrago. De pequeña, le pregunté si alguna vez había vivido allí un náufrago, y me dijo que se refería a la gente perdida en la vida, no en el mar. Creía que tenía efectos reparadores.

–Puede que necesite pasar allí un mes. Necesito recuperarme.

–Cuando quieras. Ahora mismo está una amiga mía. Lo usamos como refugio. Es el mejor sitio del mundo y siempre que voy me siento cerca de mi abuela. Puedes ir cuando quieras, Lily.

–Tal vez alguna vez. Todavía tengo que pensar qué voy a hacer en agosto.

–¿Sabes lo que necesitas? Sexo por despecho, por diversión, sin todas esas tonterías emocionales que conllevan las relaciones.

–Nunca he tenido esa clase de sexo. Siempre lo he hecho por amor.

–Pues elige a alguien de quien nunca te enamorarías, alguien que sea hábil en la cama y a quien no le pidas nada más. Así, no correrás ningún riesgo –dijo y se detuvo al ver que Spyros, uno de los arqueólogos griegos de la universidad local, se acercaba a ellas–. Vete, Spy, esta es una charla de chicas.

–¿Qué te hace pensar que venía a unirme a vosotras? Tendría que ser una conversación más interesante que la que acabo de dejar –dijo, dándole una lata de refresco fría a Lily–. Es un despojo humano, *theé mou*.

Su voz sonó cálida y ella se sonrojó, conmovida por su amabilidad.

–Lo sé, lo sé –dijo apartándose el pelo de la nuca–. Ya lo superaré.

Spy se sentó a su lado.

–¿Quieres que te ayude a olvidarlo? He oído algo de sexo por diversión. Si me necesitas, aquí me tienes.

–No, gracias. No me fío de ti.

–No hace falta que te fíes de mí –dijo guiñándole un ojo–. Lo que necesitas es un hombre de verdad, un griego que sepa hacerte sentir mujer.

–Sí, sí, ya me conozco ese truco. Después me traerás tu ropa sucia y me pedirás que te la lave. Por eso no quiero nada contigo. No voy a lavarte tus calcetines.

Lily rio mientras abría la lata. Aunque no tuviera familia, tenía buenos amigos.

–Te olvidas de que cuando no estoy limpiando mansiones de millonarios o pasando el rato aquí fuera sin hacer nada por aumentar los ahorros para la universidad, trabajo para el hombre griego por excelencia.

–Ah, sí –dijo Spyros, sonriendo–. Nik Zervakis, presidente de la todopoderosa compañía ZervaCo, el hombre por antonomasia, la fantasía de toda mujer.

–La mía no. No reúne ninguno de mis requisitos.

Spy arqueó las cejas y Brittany sacudió la cabeza.

–No necesitas saber cuáles son. Continúa, Lily, desembúchalo todo sobre Zervakis. Quiero saberlo todo de él, desde el estado de su cuenta bancaria hasta cómo consigue esos increíbles abdominales que he visto en unas fotos con una actriz en la piscina.

–No sé mucho de él, excepto que es muy inteligente y que le gusta rodearse de gente brillante, lo que hace que resulte muy intimidante. Por suerte, pasa la mayor parte del tiempo en San Francisco o Nueva York, así que no suele estar por aquí. Llevo dos meses haciendo estas prácticas y, en este tiempo, dos secretarias han renunciado. Menos mal que tiene un gran departamento de recursos humanos porque sospecho que recurre mucho a él. Y no me hables de novias. Necesito una hoja de cálculo para aclararme.

–¿Qué les pasó a las secretarias?

–Ambas dejaron su empleo por la presión. La carga de trabajo es inhumana y no es fácil trabajar con él. Tiene una manera de mirar que hace que uno desee teletransportarse. Pero es muy atractivo. No es mi tipo, pero las mujeres no paran de hablar de él.

–Todavía no entiendo por qué trabajas allí.

–Estoy probando otras cosas. La beca de investigación se me acaba este mes y no sé si quiero seguir con esto. Estoy considerando otras opciones. Los museos no pagan demasiado y no quiero vivir en una gran ciudad. Enseñar no me gusta y... –dijo encogiéndose de hombros–. No sé qué hacer.

–Eres una experta en cerámica y haces unas piezas muy bonitas.

–Eso es un pasatiempo.

–Tienes una vena artística muy creativa. Deberías explotarla.

–No tiene sentido pensar que puedo ganarme la vida de esa manera. Con sueños no se pagan las facturas –aseveró Lily apurando la bebida–. A veces preferiría haber estudiado Derecho y no Arqueología, claro que no estoy hecha para trabajar en una oficina. No se me da bien la tecnología. La semana pasada estropeé la fotocopiadora y la cafetera me odia, pero parece ser que la manera de impresionar a futuros empleadores es que figure ZervaCo en tu currículum. Demuestra que tienes potencial. Si puedes trabajar allí y no sentirte intimidada, es evidente que eres fuerte. Y antes de que me digas que una mujer formada no debería sentirse intimidada por un hombre, deberías conocerlo. Yo lo admiro. Dicen que nunca demuestra sus sentimientos, ni en los negocios ni en su vida personal. Es completamente opuesto a mí. Nadie lo ha abandonado nunca y siempre sabe lo que hay que decir en cada situación. Me gustaría parecerme a Nik Zervakis –concluyó.

Brittany rio.

–Estás bromeando, ¿verdad?

–No, hablo en serio. Es como un bloque de hielo. Me gustaría ser así. ¿Y vosotros? ¿Alguna vez habéis estado enamorados?

–¡No!

Spy se sobresaltó, pero Brittany no contestó. En vez de eso, se quedó mirando al mar.

–¿Brittany? ¿Has estado alguna vez enamorada?

–No estoy segura, tal vez sí –contestó su amiga con voz grave.

–Vaya, ¿Brittany enamorada? –dijo Spy arqueando las cejas–. ¿Atravesaste literalmente su corazón con una flecha?

Lily lo ignoró.

–¿Qué te hace pensar que has estado enamorada? ¿Cuáles son los indicios?

–Me casé con él.

Spyros rio y Lily se quedó de piedra.

–¿Que tú qué? Bueno, ese es un buen indicio.

–Fue un error –dijo Brittany, clavando la pala en el suelo–. Cuando cometo errores, me gusta que sean grandes. Supongo que podríamos considerarlo un romance turbulento.

–Parece más un huracán que un torbellino. ¿Cuánto duró?

Brittany se puso de pie y se sacudió el polvo de las piernas.

–Diez días. Spy, si no borras esa sonrisa de tu cara, voy a empujarte a esta zanja y a cubrirte de tierra.

–Querrás decir diez años –dijo Lily.

Brittany negó con la cabeza.

–No, días. Conseguimos sobrevivir a la luna de miel sin matarnos.

–¿Qué ocurrió? –preguntó Lily sorprendida.

–Dejé que los sentimientos influyeran en mis decisiones –contestó Brittany con una sonrisa fingida–. Desde entonces, no he vuelto a enamorarme.

–Porque has aprendido a no hacerlo. Uno no comete los mismos errores una y otra vez. Dame algunos consejos.

–No puedo. Me es imposible establecer vínculos emocionales después de haber conocido a Zach.

–Un nombre muy sexy.

–Un hombre muy sexy –dijo protegiéndose los ojos del sol–. Un canalla muy sexy.

–Otro más –comentó Lily con tristeza–. Pero eras joven y todo el mundo tiene derecho a cometer errores de joven. No solo no tengo esa excusa, sino que soy reincidente. Deberían encerrarme hasta que me rehabilite. Deberían devolverme a la tienda y reprogramarme.

–No necesitas reprogramarte –dijo Brittany guardando la pala en la mochila–. Eres adorable, atenta y cariñosa. Eso es lo que a los hombres les gusta de ti.

–Eso y el hecho de que solo hace falta un vistazo para darse cuenta de que debes de estar impresionante desnuda –intervino Spy.

Lily se giró, dándole la espalda.

–Adorable, atenta y cariñosa son cualidades perfectas para una mascota, pero no tanto para una mujer. Dicen que las personas cambian, ¿no? Pues bueno, yo voy a cambiar –dijo poniéndose de pie–. No voy a volver a enamorarme. Voy a seguir tu consejo y a disfrutar del sexo por diversión.

–Buena idea –dijo Spy mirando su reloj–. Vete quitándote la ropa y yo buscaré un sitio.

–Muy gracioso –comento Lily mirándolo–. Buscaré a alguien que no conozca y de quien no me pueda enamorar. Solo tengo que buscar un hombre que no cumpla ninguno de mis requisitos y acostarme con él. No puede salir mal. Voy a llamarlo Operación Dama de Hielo.

Nik Zervakis estaba de pie, de espaldas a la oficina, mirando el azul del mar mientras su asistente le ponía al día.

–¿Ha llamado?

–Sí, tal y como vaticinaste. ¿Cómo es posible que aciertes siempre? Yo habría perdido los nervios hace días ante tal cantidad de dinero y tú ni siquiera te inmutas.

Para Nik, no era una cuestión de dinero, sino de poder.

–¿Has llamado a los abogados?

–Mañana a primera hora se van a reunir con el equipo de Lexos. Así que está hecho. Enhorabuena, jefe. La prensa estadounidense no para de llamar pidiendo entrevistas.

–Todo sigue en el aire hasta que el acuerdo no esté firmado. Cuando eso ocurra, emitiré una declaración, pero nada de entrevistas –dijo Nik, y sintió que la tensión de sus hombros disminuía–. ¿Has hecho reserva en el Athena?

–Sí, pero antes tienes la inauguración oficial de la nueva ala del museo.

–Vaya, se me había olvidado. ¿Tienes algún dato sobre eso?

Su asistente palideció.

–No, jefe, solo sé que el ala ha sido construida para exhibir todas las antigüedades minoicas en un mismo sitio. Te invitaron a la última reunión del equipo encargado del proyecto, pero estabas en San Francisco.

–¿Se supone que debo pronunciar un discurso?

–Esperan que digas unas palabras.

–Puedo decir algo, pero nada relacionado con antigüedades minoicas –dijo Nik aflojándose la corbata–. Revisemos la agenda.

–Vassilis tendrá el coche aquí preparado a las seis y cuarto, por lo que tienes tiempo de volver a casa y cambiarte. De camino recogerás a Christina, y la reserva de la mesa es a las nueve.

–¿Por qué no la recojo después de cambiarme?

–Eso llevaría un tiempo del que no dispones.

Nik no podía oponerse. Sus continuos cambios de horario habían hecho que tres asistentes se hubieran marchado en los últimos seis meses.

–¿Alguna otra cosa?

–Tu padre ha llamado varias veces. Dice que no contestas el teléfono y me pidió que te diera un mensaje.

–¿De qué se trata? –preguntó Nik desabrochándose el botón de la camisa.

–Quiere que te recuerde que su boda es el próximo fin de semana. Piensa que te has olvidado.

Nik se quedó de piedra. No se había olvidado.

–¿Algo más?

–Espera que asistas a la celebración. Quiere que te recuerde que, de todos los tesoros del mundo, la familia es el más importante.

Nik, cuyos sentimientos en ese aspecto eran de dominio público, no hizo ningún comentario. No entendía que una cuarta boda fuera motivo de celebración. En su opinión, no era más que la prueba de que no había aprendido nada de las tres primeras veces.

–Le llamaré desde el coche.

–Hay una cosa más –dijo el hombre dirigiéndose hacia la puerta, como si buscase una salida–. Me pidió que te dejara claro que, si no ibas, le partirías el corazón.

Era un comentario típico de su padre. Precisamente era ese sentimentalismo el que había hecho de su padre la víctima de tres divorcios muy caros.

–Mensaje recibido –dijo Niklaus volviendo a su mesa.

Después de que la puerta se cerrara, se dio la vuelta para mirar por la ventana, fijando la vista en los reflejos del mar a mediodía. Bajo una mezcla de desesperación y frustración, se arremolinaban otras oscuras y turbias emociones que no deseaba analizar. No era dado a la introspección y pensaba que el pasado era útil en la medida en que influía en el futuro, por lo que detenerse en revivir recuerdos no le resultaba agradable.

A pesar del aire acondicionado, la frente se le llenó de sudor y atravesó el despacho para sacar una botella de agua fría de la nevera. ¿Por qué debería preocuparle que su padre volviera a casarse? Ya no era el niño soñador de nueve años destrozado por la traición de su madre y sumido en una profunda nostalgia de estabilidad y seguridad.

Había aprendido a procurarse su propia seguridad. Emocionalmente, era un castillo inexpugnable. Nunca permitiría que una relación le hiciera perder el norte. No creía en el amor y veía el matrimonio como algo costoso e inútil.

Desgraciadamente, su padre, un hombre por otra parte inteligente, no compartía su opinión. Se las había arreglado para construir un negocio de la nada, pero, por alguna razón, no había aplicado la misma inteligencia a su vida amorosa. Tenía la impresión de que su padre no analizaba los riesgos ni las implicaciones económicas de sus caprichos amorosos y se lanzaba a cada relación con una ingenuidad inapropiada para un hombre de su experiencia.

La relación entre ellos se había vuelto más incómoda después de que, la última vez que cenaran juntos, su padre le diera una charla sobre la vida que llevaba, como si la ausencia de divorcios por parte de Nik sugiriera una personalidad insulsa.

Nik cerró los ojos un instante y se preguntó cómo era posible que su vida profesional marchara sobre ruedas mientras que la familiar fuera un desastre. Lo cierto era que prefería una larga jornada de trabajo a asistir a otra boda de su padre. Esta vez no había conocido a la futura esposa ni tenía ganas de hacerlo. No entendía qué podía aportar su presencia aparte de su evidente desaprobación, y no quería estropear el día. Las bodas lo deprimían.

Lily dejó la bolsa en el vestíbulo de mármol y evitó quedarse boquiabierta. Situada en un cabo y con impresionantes vistas al mar, Villa Harmonia representaba el lujo máximo. Siguió caminando hasta la terraza, preguntándose dónde estaría el resto del equipo. Entre los jardines se adivinaban estrechas sendas hacia una cala privada, con un muelle donde una plataforma daba acceso directo para bañarse en el mar.

–He muerto y estoy en el cielo.

La insistente vibración de su teléfono la interrumpió y lo sacó del bolsillo. El uniforme le quedaba estrecho, gracias a todos los yogures griegos con miel que no había parado de tomar desde que llegara a Creta. La llamada era de la propietaria de la empresa de limpieza para decirle que el resto del equipo había tenido un accidente y no podrían ir.

–Vaya, ¿están heridos?

Al enterarse de que nadie había acabado en el hospital, pero que el coche había quedado destrozado, cayó en la cuenta de que estaba sola para hacer aquel trabajo.

–Así que si hacen falta cinco personas durante cuatro horas, ¿cómo lo voy a hacer yo sola?

–Concéntrate en el salón y en el dormitorio principal. Pon especial atención en el cuarto de baño.

Resignada y dispuesta a hacerlo lo mejor posible, Lily se puso a trabajar. Eligió música de Mozart, se puso los auriculares, y tatareó *La flauta mágica* mientras limpiaba el suelo del amplio salón. Quien fuera que viviese allí no tenía hijos, pensó mientras ahuecaba los cojines de los sofás blancos y limpiaba el polvo de las mesas de cristal. Todo era sofisticado y discreto.

Lily subió canturreando por la escalera en curva hasta el dormitorio principal y se quedó de piedra. El diminuto apartamento que compartía con Brittany tenía una cama tan estrecha que se había caído de ella dos veces mientras dormía. Aquella cama, por el contrario, era tan grande que una familia de seis podía dormir allí cómodamente. Estaba colocada mirando hacia la increíble vista sobre la bahía y Lily se quedó embobada, imaginando cómo debía ser dormir en una cama de aquel tamaño. ¿Cuántas veces podía rodar sobre sí misma sin llegar a caerse al suelo? Si fuera suya, se estiraría como una estrella de mar.

Miró a su espalda para asegurarse de que no había nadie del equipo de seguridad, sacó el teléfono del bolsillo e hizo una foto de la cama y del entorno.

Algún día, voy a practicar sexo en una cama como esta, le escribió a Brittany en un mensaje de texto.

Brittany enseguida le contestó: *Me da igual la cama, me interesa más su dueño*.

Echó un último vistazo a la habitación antes de dirigirse al cuarto de baño. Había una gran bañera junto a una pared de cristal que permitía contemplar el mar. La única manera de limpiar algo tan grande era metiéndose dentro, así que lo hizo con cuidado de no resbalarse.

Cuando la hubo dejado resplandeciente, se fue a la ducha. Había un sofisticado panel de control en la pared y se quedó mirándolo pensativa. Teniendo en cuenta su desastrosa experiencia con la fotocopiadora y la máquina de hacer café, era reacia a tocar nada, pero ¿qué otra opción tenía?

Alzó la mano, apretó cuidadosamente un botón y jadeó cuando un potente chorro de agua fría la alcanzó desde la pared del otro lado. Sin aliento, apretó con la mano otro botón para parar el agua, pero otro chorro se activó y acabó con el pelo y la ropa empapados. Sin poder ver, palpó la pared, quemándose y congelándose alternativamente hasta que consiguió apagar los chorros. Jadeando, con el pelo y la ropa pegados al cuerpo, se tiró al suelo tratando de recuperar el aliento, temblando como un animalillo bajo la lluvia.

—Odio la tecnología.

Se apartó el pelo de la cara y lo retorció para quitar

el exceso de agua. Luego volvió a levantarse, pero el uniforme seguía goteando, adherido a su piel. Si recorría la mansión de aquella manera, dejaría un rastro de agua por todas partes y no tenía tiempo para volver a limpiar.

Después de quitarse el uniforme, estando en ropa interior, escuchó un ruido en el dormitorio. Pensando que sería alguien de seguridad, se sobresaltó.

–¿Hola? Si hay alguien ahí, espere un momento antes de entrar porque acabo de...

Se quedó de piedra al ver a una mujer aparecer en la puerta. Estaba impecablemente arreglada, con un vestido de seda en color coral envolviendo su esbelto cuerpo y los labios perfectamente pintados.

Lily nunca se había sentido más fuera de lugar en toda su vida.

–¿Nik? –dijo la mujer volviendo la cabeza con tono gélido–. Tu apetito sexual es algo legendario, pero, para que lo sepas, es una buena idea despedir a la última novia antes de que llegue una nueva.

–¿De qué estás hablando?

La voz masculina provenía del dormitorio, profunda, aburrida y, al instante, reconocible.

Todavía temblando por el impacto del agua gélida, Lily cerró los ojos y se preguntó si alguno de los botones del panel de control activaba un asiento proyectable. Ahora ya sabía de quién era la mansión.

Unos instantes después, apareció en la puerta y Lily vio por segunda vez en su vida a Nik Zervakis. Frente a un hombre tan atractivo sintió que el estómago le daba un vuelco.

De pie, con las piernas separadas, su rostro resultaba inexpresivo, como si el hecho de encontrarse a una mujer semidesnuda en su ducha no fuera un hecho del que sorprenderse.

–¿Y bien?

¿Era eso todo lo que iba a decir?

Preparada para una explosión de proporciones volcánicas, Lily tragó saliva.

–Puedo explicarme...

–Eso espero –dijo la mujer, golpeando rítmicamente el suelo con la punta del pie–. Estoy deseando escucharlo.

–Soy la limpiadora...

–Por supuesto, porque las limpiadoras siempre acaban desnudas en las duchas de los clientes –comentó enfurecida, mirando al hombre que tenía al lado–. ¿Nik?

–¿Sí?

–¿Quién es? –preguntó apretando los labios.

–Ya la has oído. Es la limpiadora.

–Es evidente que miente. No hay ninguna duda de que lleva aquí todo el día, durmiendo la mona.

La única respuesta de aquel hombre fue entornar sus espectaculares ojos negros. Al recordar que, en el primer día en su empresa, alguien le había advertido que Nik Zervakis era peligroso cuando estaba callado, el nerviosismo de Lily se disparó. Al parecer, su inquietud no era compartida por su cita de aquella noche, que continuaba riñéndole.

–¿Sabes lo peor de esto? No que se te vayan los ojos, sino que te fijes en una mujer tan gorda como ella.

–¿Cómo? No estoy gorda –dijo Lily tratando de cubrirse con el uniforme mojado–. Déjeme que le diga que mi índice de masa corporal es normal.

Pero la mujer no la escuchaba.

–¿Es por ella que se te ha hecho tarde para recogerme? Te lo advertí, Nik, y si no te molestas en darme una explicación, yo no voy a molestarme en pedirte una.

Sin darle la posibilidad de responder, la mujer salió de la habitación.

Lily se quedó en silencio, con el ánimo encogido por el agua fría y la sensación de culpabilidad.

–Está muy enfadada.

–Sí.

–¿Volverá?

–Sinceramente, espero que no.

Lily pensó decirle que estaría mejor sin ella, pero decidió que salvar su empleo era más importante que la sinceridad.

–Lo siento mucho...

–No lo sienta, no ha sido culpa suya.

–Si no hubiera tenido el accidente, habría estado vestida cuando entró en la habitación.

–¿Accidente? Nunca había considerado mi ducha como un lugar peligroso, pero al parecer estaba equivocado –dijo mirando el agua el suelo–. ¿Qué ha pasado?

–Su ducha parece el cuadro de mandos de un avión, eso es lo que ha pasado –contestó Lily sin poder dejar de castañear los dientes–. No hay instrucciones.

–No necesito instrucciones –dijo mirándola de arriba abajo con detenimiento–. Sé cómo funciona mi ducha.

–¡Yo no! No tenía ni idea de qué botón apretar.

–¿Así que decidió apretar todos? Si alguna vez se encuentra ante el cuadro de mandos de un avión, le sugiero que se siente sobre sus manos.

–No es gracioso. Estoy empapada y no sabía que iba a llegar a su casa tan pronto.

–Lo siento –dijo, y su mirada oscura brilló con ironía–. No tengo costumbre de informar de mis movimientos. ¿Ha terminado de limpiar o quiere que le enseñe qué botones apretar?

Lily trató de mantener toda la dignidad que pudo en aquellas circunstancias.

–Su ducha está limpia –respondió con la mirada fija en la puerta–. ¿Está seguro de que no va a volver?

–No.

Lily se quedó en silencio, sintiéndose aliviada a la vez que culpable.

–He estropeado otra relación.

–¿Otra? –preguntó él arqueando las cejas–. ¿Es algo habitual?

–No lo sabe bien. Escuche, si quiere, puedo llamar a mi jefa y pedirle que responda por mí.

Su voz se fue apagando al darse cuenta de que eso supondría confesar que la habían pillado medio desnuda en una ducha.

–A menos que tenga una jefa muy liberal, creo que será mejor que reconsidere esa idea.

–Tiene que haber una manera para que pueda arreglarlo. Le he estropeado su cita, aunque no me ha parecido una persona muy agradable. Creo que, a la larga, no hubiera sido buena para usted y era tan delgada que no hubiera podido acunar a sus hijos en brazos –dijo y se encontró con su mirada–. ¿Se está riendo de mí?

–No, pero la destreza para acunar niños en brazos no está en mi lista de prioridades de atributos femeninos.

Dejó la chaqueta sobre el respaldo de un sofá más grande que su cama, mientras ella lo miraba fascinada, preguntándose si le importaba algo que su cita se hubiera marchado.

–Por curiosidad: ¿por qué no se ha defendido?

–¿Por qué iba a defenderme?

–Podía haberse explicado y entonces lo hubiera perdonado.

–No me gusta dar explicaciones. Además... –dijo él encogiéndose de hombros–, ya le había dado usted una explicación.

Estaba de pie, con las piernas separadas, bloqueando la puerta con sus anchos hombros.

–No creo que me haya tomado por una testigo de fiar. Hubiera sonado mejor viniendo de usted.

–No hubiera podido añadir nada más a la historia.

En su lugar, ella se habría sentido humillada, pero él parecía indiferente ante el hecho de que lo hubiera plantado en público.

–No parece triste.

–¿Por qué iba a estarlo?

–Porque la mayoría de las personas se entristecen cuando una relación termina.

–No soy uno de esos –replicó él sonriendo.

Lily sintió envidia.

–¿No está ni siquiera un poco triste?

–Para estar triste hay que sentir algo, y yo no siento nada.

Lily pensó que aquellas palabras eran geniales. ¿Por qué no le había dicho algo así al profesor Ashurst? Tenía que memorizarlas para la próxima vez.

–Discúlpeme un momento.

Dejando un rastro de gotas de agua tras ella, paso junto a él, buscó en su bolso y sacó un cuaderno.

–¿Qué está haciendo?

–Estoy escribiendo lo que acaba de decir. Cada vez que me dejan plantada, no sé qué decir. Pero la próxima vez voy a pronunciar esas palabras con ese tono en vez de entre lágrimas como si fuera un surtidor –dijo mientras las gotas de agua caían en su cuaderno y corrían la tinta.

–Eso de dejarla plantada, ¿es algo que le ocurre con frecuencia?

–Bastante a menudo. Me enamoro y me rompen el corazón, es un ciclo que me estoy esforzando en romper.

Deseó no haber dicho nada. Aunque era muy abierta con la gente, no le gustaba reconocer en público que no tenía suerte en el amor.

–¿Cuántas veces se ha enamorado?

–¿Hasta ahora? –dijo sacudiendo el bolígrafo, después de que la tinta dejara de pintar en la hoja mojada–. Tres veces. Apuesto a que usted nunca ha sido desafortunado en el amor, ¿verdad?

–Nunca he estado enamorado.

–Eso es que nunca ha conocido a la persona adecuada.

–No creo en el amor.

–Usted... –dijo Lily interesada, volviendo sobre sus pasos–. Entonces, ¿en qué cree?

–En dinero, influencias y poder –respondió él encogiéndose de hombros–. Metas tangibles y cuantificables.

–¿Cómo se mide el poder y la influencia? No, no me lo diga. Pone el pie en el suelo y la escala Richter lo mide.

–Se sorprendería –comentó soltándose la corbata.

–Ya estoy sorprendida. Dios mío, usted es genial. A partir de ahora será mi modelo –dijo, consiguiendo que por fin el bolígrafo pintara–. Nunca es demasiado tarde para cambiar. De ahora en adelante, me pondré metas tangibles y cuantificables también. Por curiosidad, ¿qué busca en las relaciones?

–Orgasmos –respondió sonriendo lentamente.

Lily se sonrojó.

–Eso me pasa por hacer preguntas tontas. Desde luego que ese es un objetivo cuantificable. Es evidente que es capaz de mantener la frialdad y la distancia en sus relaciones. Eso es lo que yo quiero. Le he mojado el suelo, tenga cuidado de no resbalar.

Estaba apoyado en la pared, observándola divertido.

–¿Se comporta así cuando quiere ser fría y distante?

–Todavía no he empezado a hacerlo, pero en cuanto mi radar me avise de que puedo estar en peligro de enamorarme de la persona equivocada, pum –dijo lanzando un puñetazo al aire–, sacaré de paseo mi lado más gélido. De ahora en adelante, voy a proteger mi corazón con una armadura –añadió sonriendo–. ¿Piensa que estoy loca, verdad? Todo esto es normal para usted, pero no para mí. Estoy en la primera fase de un trasplante de personalidad.

El sonido de una vibración llamó la atención de Lily y miró hacia la chaqueta del hombre, al otro lado de la habitación. Al ver que no se movía, lo miró.

–Es su teléfono.

–Sí –dijo sin dejar de mirarla fijamente.

–¿No va a contestar? –preguntó poniéndose de pie rápidamente, sin soltar la toalla–. Puede ser ella, para pedirle perdón.

–Estoy seguro de que es ella, por eso no tengo intención de contestar.

Lily escuchó admirada.

–Este es un ejemplo de por qué tengo que ser como usted. Si hubiera sido mi teléfono, habría contestado y después de escuchar las disculpas de quien fuera que estuviera al otro lado de la línea, habría dicho que no importaba. Le hubiera perdonado.

–Tiene razón, necesita ayuda. ¿Cómo se llama?

–Lily.

–Su cara me suena. ¿Nos hemos visto antes?

Lily sintió que se sonrojaba.

–Llevo un par de meses trabajando como becaria para su compañía dos días a la semana. Soy la segunda secretaria de su asistente.

«Soy la que estropeó la fotocopiadora y la máquina del café».

–¿Así que trabaja para mí dos días a la semana y los otros tres como limpiadora?

–No, este trabajo solo lo hago por las tardes. Los otros

tres días hago trabajo de campo en Aptera durante el verano. Pero ya casi ha acabado. He llegado a un cruce de caminos en mi vida y no sé qué dirección tomar.

–¿Trabajo de campo? ¿Es arqueóloga?

–Sí, formo parte de un proyecto financiado por la universidad, pero no me da para pagar el préstamo estudiantil, así que tengo otros trabajos.

–¿Cuánto sabe de antigüedades minoicas?

Lily parpadeó.

–Probablemente más de lo que sería saludable para una mujer de veinticuatro años.

–Estupendo. Vuelva al cuarto de baño y séquese mientras le busco un vestido. Esta noche tengo que asistir a la inauguración del nuevo ala del museo. Va a venir conmigo.

–¿Yo? ¿No tiene una cita?

–La tenía –contestó–. Y como en parte es culpable de que se haya ido, va a venir en su lugar.

–Pero... –comenzó y se humedeció los labios–. Se supone que tengo que limpiar su casa.

Su mirada viajó desde su rostro hasta el charco de agua que cubría el suelo del cuarto de baño.

–Diré que ha hecho un buen trabajo. Para cuando volvamos, la inundación habrá llegado abajo al salón y lo habrá limpiado todo.

Lily rio y se preguntó si sus empleados conocían su sentido del humor.

–¿No va a echarme?

–Debería tener más seguridad en sí misma. Si conoce la cultura minoica, todavía me sirve para algo, y nunca despido a la gente que me es útil.

Él le quitó la toalla y la dejó a un lado, dejándola con tan solo la ropa interior mojada.

–¿Qué hace? –dijo ella, tratando sin éxito de recuperar la toalla.

–Deje de retorcerse. No creo que sea el primer hombre que la ve medio desnuda.

–Normalmente, los hombres que me ven desnuda son hombres con los que mantengo una relación. Y me incomoda que me miren, sobre todo después de que me haya llamado gorda una mujer que parece un alambre y que...

Lily se calló al ver que se daba la vuelta y se alejaba de ella. No sabía si sentirse aliviada o molesta.

–Si quiere saber mi talla, pregúnteme.

Vio cómo sacaba el teléfono y marcaba. Mientras esperaba a que la persona del otro lado contestara, contempló su cuerpo y sonrió con picardía.

–No necesito preguntar, *theé mou,* ya sé su talla.

Capítulo 2

NIK se acomodó en su asiento, mientras el coche avanzaba por el denso tráfico nocturno. A su lado, Lily no paraba quieta.

–¿Señor Zervakis? Este vestido es bastante más atrevido de los que suelo ponerme. Y tengo un mal presentimiento.

Nik se giró para mirarla, recordándose que las mujeres de amables sonrisas que se autodefinían como enamoradizas no estaban en su lista.

–Llámame Nik.

–No puedo llamarle Nik. No me parece bien trabajando en su empresa. Usted me paga el sueldo.

–¿Yo te pago? Pensé que me habías dicho que eras una becaria.

–Lo soy. Paga a sus becarios bastante más que la mayoría de las compañías, pero ese es otro tema. Sigo teniendo ese mal presentimiento.

Nik apartó los ojos de sus labios y trató de controlar las imágenes subidas de tono de su cabeza.

–¿Y qué terrible presentimiento es ese?

–Uno en el que su novia se entera de que soy su cita esta noche.

–Se enterará.

–¿Y no le importa?

–¿Por qué iba a importarme?

–¿No es evidente? Porque no se ha creído que fuera la limpiadora. Ella creyó que usted y yo... Bueno...

–dijo sonrojándose–, si descubre que hemos estado juntos esta noche, entonces pensará que tenía razón y que estábamos mintiendo. Aunque, si la gente usara su cabeza, se darían cuenta de que, si ella es su tipo, es imposible que yo también lo sea.

Nik intentó descifrar aquel comentario.

–¿Te preocupa que piense que nos estamos acostando? ¿Por qué te parece una idea tan terrible? ¿Acaso no me encuentras atractivo?

–Esa es una pregunta ridícula –dijo Lily cruzándose la mirada con él unos instantes antes de volver a apartarla–. Lo siento, pero eso es como preguntarle a una mujer si le gusta el chocolate.

–Hay mujeres a las que no les gusta el chocolate.

–Mienten. Quizá no lo coman, pero eso no quiere decir que no les guste.

–¿Así que soy como el chocolate?

Nik intentó recordar cuándo había sido la última vez que se había divertido tanto con alguien.

–Si me está preguntando si pienso que es una mala tentación para mí, la respuesta es sí. Pero, dejando a un lado el hecho de que es completamente inadecuado, no sería capaz de relajarme lo suficiente como para acostarme con usted.

Nik, que nunca había tenido problemas para acostarse con una mujer, asumió el reto.

–Estaría encantado de...

–No –lo interrumpió muy seria–. Sé que es muy competitivo, pero olvídese. Vi su foto en esa piscina. De ninguna manera me desnudaría ante un hombre con un cuerpo como el suyo. Tendría que esforzarme en mostrar mi lado bueno y esa tensión acabaría con la pasión.

–Ya te he visto en ropa interior.

–No me lo recuerde.

Nik advirtió la mirada divertida del conductor y se

quedó mirándolo muy serio. Vassilis llevaba con él más de una década y solía opinar sobre la vida amorosa de Nik. Era evidente que le caía bien Lily.

–Es cierto que, siendo mi acompañante esta noche, mucha gente pensará que nos estamos acostando –dijo Nik volviendo a la conversación–. No conozco la lista de invitados, pero imagino que algunos de ellos serán colegas tuyos. ¿Te molesta?

–No, así no parecerá que estoy desesperada, lo cual es bueno para mi orgullo. De hecho, es el momento perfecto. Justamente esta mañana me he embarcado en un nuevo proyecto, Operación Dama de Hielo. Seguramente se preguntará de qué se trata.

Nik abrió la boca para decir algo, pero ella siguió hablando.

–Voy a buscar sexo sin amor. Eso es –dijo y asintió–. Sí, me ha escuchado bien, sexo por despecho. Me voy a meter en la cama con un hombre y no voy a sentir nada.

Al oír algo en la parte delantera del coche, Nik apretó un botón y cerró la pantalla que había entre Vassilis y ellos para tener intimidad.

–¿Tienes a alguien en mente para la operación... Dama de Hielo?

–Todavía no, pero, si creen que es con usted, me parece bien. Se verá bien en mi currículum sentimental.

Nik echó la cabeza hacia atrás y rio.

–Lily, no tienes precio.

–Eso no me suena a cumplido –dijo ajustándose el escote del vestido, y a punto estuvo de mostrar sus pechos–. Parece que está diciendo que no valgo nada.

Nik apartó la mirada y pensó que aquella era la noche más divertida que había pasado en mucho tiempo.

–Hay fotógrafos.

Al llegar al museo, Lily se agachó en su asiento y Nik la tomó de la muñeca para que se mantuviera erguida.

–Estás muy guapa. Si no quieres que piensen que hemos salido de la cama para venir aquí, deja de parecer culpable.

–He visto varias cámaras de televisión.

–La inauguración del museo es noticia.

–El escote de este vestido también lo será. Mis pechos son demasiado grandes para este modelo. ¿Me presta su chaqueta?

–Tus pechos se merecen un vestido como ese, y no, no voy a prestarte mi chaqueta –dijo él con un grave tono masculino.

Lily sintió que la atracción sexual despertaba en su cuerpo.

–¿Está flirteando conmigo?

Era completamente diferente a los hombres que formaban parte de su círculo de amigos. Había en él una fuerza, una seguridad y aplomo, que sugerían que no había conocido a nadie a quien no hubiera podido vencer, ya fuera en un bar o en una sala de reuniones.

La pregunta pareció divertirle.

–Eres mi cita, así que es obligatorio flirtear. Y deja ya de llamarme de usted.

–Me inquieta lo de esta noche, y bastante nerviosa estoy ya.

–¿Por estar conmigo?

No estaba dispuesta a confesarle cómo se sentía realmente.

–No, porque la inauguración de esa nueva ala del museo es una ocasión memorable.

–Tú y yo tenemos una idea diferente de lo que es una ocasión memorable, Lily –dijo él con una expresión burlona–. Nunca antes habían hundido mi ego con tanta facilidad.

–Tu ego está blindado, al igual que tus sentimientos.

–Es cierto que a mi autoestima no le afecta la opinión de los demás.

–Porque piensas que tienes razón y que los demás se equivocan. Me gustaría parecerme a ti. ¿Y si los periodistas preguntan quién soy? ¿Qué debo decir? Que soy una impostora.

–Tú eres la arqueóloga, yo soy el impostor. Di lo que quieras decir o no digas nada. Decídelo tú.

–No sabes cuánto me gustaría que fuera así.

–Cuéntame porque estás tan emocionada por lo de esta noche.

–¿Sin tener en cuenta que es la ocasión de ponerme un vestido? El nuevo ala cobija la mayor colección de antigüedades minoicas de toda Grecia. Son piezas originales con las que los arqueólogos podrán estudiar otras piezas de excavaciones anteriores. Es emocionante. Y por cierto, me gusta el vestido, aunque no creo que tenga ocasión de volver a ponérmelo.

–¿Te apasiona la cerámica desconchada?

–No diga eso frente a la cámara. La colección tendrá un papel muy importante en investigación y enseñanza. Además, resultará muy interesante para el público general.

Nada más detenerse el coche junto al museo, un miembro del equipo de seguridad de Nik abrió la puerta y Lily se bajó ante una nube de flases de cámaras.

–Ahora ya sé por qué los famosos llevan gafas de sol –murmuró.

–Señor Zervakis –preguntó uno de los periodistas que los rodeaban–, ¿puede hacer algún comentario del nuevo ala?

Nik se detuvo y habló directamente a la cámara, relajado y con desenvoltura mientras repetía las palabras de Lily.

Ella se quedó mirándolo.

–Tienes una memoria increíble.

–¿Quién es su acompañante, Nik? –preguntó otro de los reporteros.

Nik se giró hacia ella y Lily se dio cuenta de que le estaba dando la oportunidad de decidir si quería darles su nombre o no.

–Soy una amiga –contestó.

Nik sonrió, la tomó de la mano y se dirigieron hacia los escalones junto a los que esperaba el comité de bienvenida.

La primera persona a la que reconoció fue David Ashurst, y se detuvo. Al ver la mirada interrogante de Nik, sacudió la cabeza.

–Estoy bien. Acabo de ver a alguien a quien no esperaba ver, eso es todo. No pensé que se atrevería a venir.

–¿Es él? ¿Él es la razón por la que pretendes un trasplante de personalidad?

Su mirada viajó del rostro de Lily al hombre desaliñado en lo alto de la escalinata.

–Es el profesor Ashurst. Está casado –murmuró–. ¿Me da tiempo a sacar el cuaderno del bolso? No recuerdo qué escribí.

–Te diré lo que puedes decir.

Se inclinó y le susurró algo al oído que la hizo ahogar una exclamación.

–No puedo decir eso.

–¿No? Entonces, ¿qué te parece esto como alternativa?

Deslizó el brazo por su cintura y la atrajo hacia él. Ella lo miró, hipnotizada por aquellos ojos negros. Antes de que pudiera preguntarle qué iba a hacer, inclinó la cabeza y la besó.

Una oleada de placer la recorrió, despertando una sensación cálida en su vientre. La habían besado antes, pero nunca de aquella manera. Nik movía sus labios con pericia lenta y sensual, y una ardiente excitación se expandió por su cuerpo. Sintió que el estómago le daba un vuelco, y un oscuro e intenso deseo hasta entonces desconocido se apoderó de ella. Ignorando todo lo que los rodeaba, ella se estrechó contra él y sintió que la abrazaba con más fuerza en un gesto indiscutiblemente de posesión. Deseaba más y, cuando se apartó de ella, tuvo que esforzarse en mantener el equilibrio.

–¿Por qué has hecho eso?

–Porque no sabías qué decir y, a veces, los hechos dicen más que las palabras.

–Besas muy bien –dijo Lily, y parpadeó al sentir un flash ante su cara–. Ahora, tu novia no se creerá que era la limpiadora.

–No es mi novia –aseveró mirándola a los labios.

La cabeza empezó a darle vueltas y sintió que las piernas le temblaban. Las mujeres la miraban con envidia y David la observaba boquiabierto.

Mientras subía los últimos escalones, le sonrió, sintiéndose fuerte por primera vez en días.

–Hola, profesor Ashurst –dijo, tratando de convencerse de que era el calor lo que la hacía sentirse mareada y no el beso –. Que tenga un buen viaje de regreso a casa mañana. Estoy segura de que su familia lo ha echado de menos.

El profesor no tuvo oportunidad de contestar porque el director del museo se acercó a darles la bienvenida, estrechando la mano de Nik.

–Señor Zervakis, gracias a su generosidad, la inauguración de este ala del museo es el momento más emocionante de mi carrera. Sé que tiene una agenda muy apretada, pero sería un placer que conociera al equipo y luego hiciera una rápida visita.

Lily trató de mantenerse en un discreto segundo plano, pero Nik la tomó de la mano y la hizo permanecer a su lado. Aquel gesto despertó una mirada de curiosidad de Brittany, que estaba muy guapa y favorecida con un vestido corto azul que dejaba ver sus largas piernas. Estaba de pie junto a Spy, cuyos ojos se habían pegado al escote de Lily, confirmando sus peores temores acerca de la idoneidad de aquel vestido.

Aquella situación era surrealista. Había pasado de estar medio desnuda y temblorosa en el suelo de un cuarto de baño a verse rodeada en un elegante dormitorio por cuatro personas que la habían transformado. Como por arte de magia habían aparecido tres vestidos y Nik, sin dejar de atender una llamada telefónica, había señalado uno de ellos.

En un principio, Lily había estado a punto de elegir otro vestido. Pero luego recapacitó al darse cuenta de que no solo le había proporcionado el vestido y la oportunidad de acudir a la inauguración del museo, sino que había elegido el mismo que ella habría elegido.

Se sintió cohibida ante sus amigos y colegas con los que trabajaba en el proyecto Aptera por ser tratada como una personalidad. Cuando el director los acompañó hasta la primera vitrina, Lily se olvidó de sus reparos y examinó la pieza.

–Es de comienzos de la cultura minoica.

–¿Lo dices porque está en peor estado que las otras?

–No, porque esta cerámica se caracterizaba por sus diseños geométricos. Fíjate... –dijo tirando de su brazo para que se acercara a la vitrina–. Espirales, cruces, triángulos...

Le explicó cada uno de ellos, y Nik escuchó con atención antes de seguir recorriendo la exposición.

–Este tiene un pájaro.

–Los símbolos naturalistas eran característicos del minoico medio. La secuencia de los estilos en la cerámica ha ayudado a los arqueólogos a establecer las tres fases de la cultura minoica.

–Fascinante –replicó él mirándola a los ojos.

Su corazón latió con fuerza contra su pecho y, cuando el director se apartó para contestar las preguntas de la prensa, se acercó más a él.

–Realmente no te resulta fascinante, ¿verdad?

–Claro que sí –contestó bajando la mirada a su boca–. Pero creo que es porque lo estás explicando tú. Me gusta cómo te emocionas por cosas que aburren a la gente y cómo pones los labios cada vez que dices minoica.

–Para ti es una vasija vieja, pero tiene un significado muy importante. La cerámica ha ayudado a los arqueólogos a descubrir asentamientos y rutas comerciales. Podemos reconstruir los movimientos de una civilización por la distribución de su cerámica. Nos da una idea del tamaño de su población y de su organización social. ¿Por qué donas tanto dinero al museo si no te interesa?

–Porque me interesa conservar la cultura griega. Doy dinero y ellos deciden en qué usarlo.

–¿Por qué no pediste que lo llamaran pabellón Zervakis o algo así? A la mayoría de los benefactores les gusta ver su nombre en una placa.

–Lo que quiero es preservar la historia, no publicitar mi nombre. ZervaCo es una compañía puntera en el desarrollo de tecnología. No quiero que asocien el nombre con un museo.

–Bromeas.

–Sí, bromeo.

Su sonrisa desapareció cuando Spy y Brittany se les unieron.

–Son buenos amigos míos –dijo Lily rápidamente–, así que no hace falta que los intimides.

Él mismo se presentó y comenzó a charlar con Spy, mientras Brittany se hacía a un lado con Lily.

–No sé por dónde empezar a preguntar.

–Mejor, no sabría por dónde empezar a contestar.

–Supongo que es el dueño de la mansión.

–Así es.

–No voy a preguntar –murmuró Brittany y sonrió–. ¡Qué demonios! Claro que voy a preguntar. ¿Qué ha pasado? ¿Te ha encontrado en el sótano y ha decidido traerte al baile?

–Casi. Me encontró en su cuarto de baño, después de que su ducha me atacara. Después de estropearle su cita, necesitaba una sustituta y yo era la única que tenía cerca.

Brittany empezó a reír.

–¿Te atacó su ducha?

–Has dicho que no ibas a preguntar.

–Estás cosas solo te pasan a ti, Lily.

–Lo sé. No se me da bien la tecnología.

–Puede que no, pero sabes muy bien cómo elegir un pañuelo de lágrimas. Es muy guapo y tú estás espectacular –comentó Brittany mirándola de arriba abajo–. Mucho mejor que con pantalones cortos y botas de senderismo.

–No es mi pañuelo de lágrimas –protestó Lily frunciendo el ceño.

–¿Por qué no? Es muy atractivo –dijo su amiga, entornando los ojos mientras observaba el imponente físico de Nik–. Una sugerencia: ten cuidado –añadió en tono serio, tomándola del brazo.

–¿Por qué tengo que tener cuidado? No volveré a poner un pie en su ducha, si te refieres a eso.

–No me refiero a eso. No parece un hombre sumiso.

–Es muy agradable.

–Eso lo hace aún más peligroso. No te ha quitado los ojos de encima ni un segundo. No quiero que te vuelvan a hacer daño.

–Nunca he corrido menos riesgo de que me hagan daño. No es mi tipo.

–Es el tipo de todas.

–El mío no.

–Te ha besado, así que supongo que tiene una opinión diferente.

–Me ha besado porque no sabía qué decirle a David. Estaba en una posición incómoda y solo quería ayudarme. Lo ha hecho por mí.

–Lily, un hombre así hace las cosas por él. No te equivoques. Está acostumbrado a hacer lo que quiere con quien quiere y cuando quiere.

–No sé, no te preocupes por mí –dijo sonriendo y volvió junto a Nik–. Parece que la fiesta se acaba. Gracias por una noche tan agradable. Te devolveré el vestido y, cuando quieras la ducha limpia, avísame. Te lo debo.

Se quedó mirándolo unos segundos, ignorando a todos los que estaban alrededor.

–Cena conmigo. Tengo reserva a las nueve en el Athena.

Había oído hablar del Athena. ¿Quién no? Era uno de los restaurantes más conocidos de toda Grecia. Comer allí era una experiencia única para la mayoría de la gente.

Aquellos increíbles ojos negros le sostenían la mirada y recordó las palabras de Brittany.

–Es una broma, ¿verdad?

–Nunca bromeó con la comida.

–Nik, ha sido una velada increíble, algo sensacional de lo que les hablaré a mis hijos algún día, pero tú eres un multimillonario y yo.. yo...

–Una mujer muy sexy que está muy guapa con ese vestido.

Había algo en él que la hacía sentirse como si flotara.

–Iba a decir que soy una arqueóloga que ni siquiera sabe cómo usar el control de mandos de tu ducha.

–Te enseñaré. Cena conmigo, Lily.

Aquella orden sutil hizo que Lily se preguntara si alguna vez admitía un no por respuesta. Cautivada por la expresión de sus ojos y por la casi palpable tensión sexual, se sintió tentada. Luego recordó su regla de no volver a salir con alguien que no cumpliera sus requisitos básicos.

–No puedo, pero nunca olvidaré esta noche. Gracias.

Temiendo cambiar de opinión, se giró y enfiló hacia la salida.

En la puerta, David le bloqueó el paso.

–¿Qué haces con él?

–No es asunto tuyo.

–¿Lo has besado para ponerme celoso o para intentar olvidarme?

–Lo he besado porque es un hombre muy atractivo y te olvidé en el momento en que me enteré de que estabas casado.

Al caer en la cuenta de que era cierto, se sintió aliviada. Pero ese alivio convivía con la certeza de que era incapaz de elegir al hombre adecuado.

–Sé que me quieres.

–Te equivocas. Si de veras me conocieras, sabrías que soy incapaz de amar a un hombre casado con otra mujer –dijo con voz y manos temblorosas–. Estás casado y tienes familia.

–Ya se me ocurrirá algo.

–¿Hablas en serio? –preguntó Lily mirándolo fijamente–. Una familia no es algo de usar y tirar según tu conveniencia. Estás unida a ella para lo bueno y para lo malo.

Disgustada, trató de abrirse paso, pero él la sujetó por el brazo.

–No entiendes. Las cosas son difíciles ahora mismo.

–No me importa –replicó apretando los puños–. Un hombre de verdad no sale corriendo cuando las cosas se ponen difíciles.

–Se te olvida lo bien que lo pasamos juntos.

–Y a ti se te olvidan las promesas que hiciste –dijo zafándose de su mano–. Vuelve con tu mujer.

David miró por detrás de ella hacia Nik.

–Nunca pensé que te atrajera el dinero, pero es evidente que estaba equivocado. Espero que sepas lo que estás haciendo porque lo único que conseguirás de ese hombre será una noche. A un hombre como él, lo único que le interesa es el dinero.

–¿Qué has dicho? –dijo Lily mirándolo antes de girarse hacia Nik–. Tienes razón, gracias.

–¿Por hacerte ver que no es adecuado para ti?

–Por hacerme ver que es perfecto. Y ahora, deja de mirarme el escote y vuelve a casa junto a tu mujer y tus hijos.

Y con esas, pasó a su lado y se dirigió directamente al periodista que le había preguntado su nombre al entrar.

–Lily, me llamo Lily Rose.

Luego dio media vuelta y se fue directamente hasta Nik, que estaba conversando con dos hombre trajeados.

–¿A qué hora es la reserva en ese restaurante?

–A las nueve.

–Entonces, vámonos, que no quiero llegar tarde –dijo poniéndose de puntillas y dándole un beso en los labios–. Y para que lo sepas, me da igual el vestido, pero me quedo los zapatos.

Capítulo 3

EL RESTAURANTE Athena estaba en una colina sobre la bahía de Souda, con las Montañas Blancas de fondo.

Todavía alterada por su encuentro con David, Lily entró en el restaurante sintiéndose la reina de la fiesta.

—No tienes ni idea de lo bien que me he sentido cuando le he dicho a David que se fuera a su casa con su esposa. Fue como dar un puñetazo al aire. ¿Ves lo que he conseguido después de unas horas en tu compañía? Ya he cambiado. Tu férreo control e indiferencia son contagiosos.

Nik la llevó hasta su mesa preferida, oculta tras unas plantas.

—Así vio lo que se estaba perdiendo.

—No quería que viera lo que se estaba perdiendo. Quería darle una lección y que no volviera a mentir nunca. Quería que pensara en su pobre esposa. El matrimonio debería ser para siempre, nada de engaños. Flirtea todo lo que quieras antes, si eso es lo que quieres, pero, una vez que asumas un compromiso, se acabó. ¿No estás de acuerdo?

—Desde luego. Por eso es por lo que nunca he tenido una relación seria —dijo él—. Todavía estoy en la fase de flirtear, y espero seguir en esa etapa el resto de mi vida.

—¿No quieres formar una familia? Somos muy diferentes. Es genial.

—¿Por qué es genial?

–Porque eres completamente opuesto a mí. No queremos las mismas cosas.

–Me alegro de oír eso –dijo echándose hacia atrás en su asiento–. No sé si preguntarte qué es lo que quieres.

–Alguien como tú pensará que soy una romántica empedernida.

–Cuéntamelo.

Lily apartó la vista y dirigió la mirada hacia las buganvillas, con el mar al fondo. Seducida por la calidez de su mirada y la belleza de la espectacular puesta de sol, decidió contarle la verdad.

–Quiero un cuento de hadas.

–¿Cuál? ¿Ese en el que la madrastra pone veneno en la manzana o el otro en el que el príncipe se enamora de una heroína aquejada de narcolepsia?

Ella rio.

–Me refiero a un final feliz. Quiero enamorarme, sentar la cabeza y tener muchos hijos –respondió y lo miró a los ojos, divertida–. ¿Te estoy asustando?

–Eso depende. ¿Tienes previsto algo de eso conmigo?

–No, claro que no.

–Entonces no.

–Siempre empiezo cada relación convencida de que puede llegar a alguna parte.

–Supongo que te refieres a algo más que a la cama.

–Así es. Nunca he estado interesada en el sexo por el sexo.

–Esa es la única clase de sexo que a mí me interesa –intervino burlón.

Ella se acomodó en su asiento y se quedó mirándolo.

–Nunca me he acostado con un hombre del que no estuviera enamorada. Primero me enamoro y luego viene el sexo. Pienso que el sexo es la base del vínculo emocional entre dos personas. Tú no tienes ese problema, ¿verdad?

–No busco una relación, si es eso lo que estás preguntando.

–Me gustaría parecerme a ti. Esta mañana he decidido disfrutar del sexo sin compromiso.

Nik sonrió.

–¿Tienes a alguien en mente para ese proyecto?

No le parecía el momento de confesarle que él era el primero de su lista.

–Voy a elegir a alguien del que no pueda enamorarme. Así estaré a salvo. Voy a tomar precauciones. Será como llevar un gran preservativo protegiendo mis sentimientos. Apuesto a que es lo que tú haces todo el tiempo.

–Si me preguntas si me pongo un preservativo para proteger mis sentimientos, la respuesta es no.

–Te estás riendo de mí, pero, si te hubieran hecho daño tantas veces como a mí, no te estarías riendo. Así que, si los sentimientos no forman parte de tus relaciones, ¿qué es para ti exactamente el sexo?

–Diversión –contestó, tomando la carta que le ofrecía el camarero.

Lily se sintió mortificada y, tan pronto como el hombre se fue, gruñó.

–¿Llevaba ahí mucho?

–Lo suficiente como para haberse enterado de que buscas sexo sin compromiso y de que tienes pensado ponerte un gran preservativo para proteger tus sentimientos.

Lily se cubrió la cara con las manos.

–Tenemos que irnos. Estoy segura de que la comida aquí es deliciosa, pero tenemos que irnos a otro sitio o tendré que comer debajo de la mesa.

–Lo estás haciendo otra vez, estás dejando que tus sentimientos gobiernen tus actos.

–Pero ha oído lo que he dicho. ¿No te da vergüenza?

–¿Por qué iba a darme vergüenza?

–¿No te preocupa lo que piense de ti?

–¿Por qué iba a importarme lo que piense? No lo conozco. Su misión es servirnos la comida y asegurarse de que disfrutemos para que volvamos. Su opinión en cualquier otra cosa es irrelevante. Sigue con lo que estabas diciendo. Era interesante. Me estabas contando que ibas a buscar a un hombre del que no puedas enamorarte para tener sexo con él.

–Y tú me estabas contando que para ti el sexo es diversión... ¿como el fútbol?

–No, porque el fútbol es una actividad de grupo. Soy muy posesivo, así que para mí es una cosa estrictamente de dos.

–Eso ya implica algún tipo de compromiso.

–Me comprometo al cien por cien durante el tiempo que una mujer está en mi cama.

–Aunque sea por una noche solo, ¿no?

Él se limitó a sonreír y ella se echó hacia atrás, riéndose divertida.

–Qué malo eres, pero sincero. Eso me encanta.

–Mientras no te enamores de mí, no hay problema.

–No podría hacerlo. Somos muy distintos.

–Creo que deberíamos brindar por eso.

Nik hizo una seña y al momento trajeron champán a la mesa.

–No puedo creer que vivas así. Chófer, botellas de champán... –dijo ella levantando la copa–. Tu mansión es enorme y solo vives tú.

–Me gusta el espacio y la luz, y un inmueble es siempre una buena inversión –comentó y llamó al camarero–. ¿Hay algo que no te guste?

–Me gusta todo –dijo y esperó a que Nik le dijera algo en griego al hombre–. ¿De verdad vas a pedir por mí?

–El menú está en griego y estabas hablando de sexo, así que mi intención es que la interrupción dure lo mínimo posible para evitar que quieras meterte debajo de la mesa a cenar.

–En ese caso, te perdono –dijo ella y, después de que el camarero se fuera, añadió–: Así que, si la casa es una inversión, ¿quiere eso decir que la venderás?

–Tengo cuatro casas.

Lily se quedó boquiabierta.

–¿Cuatro? ¿Por qué necesita alguien cuatro casas? ¿Una para cada estación?

–Tengo oficinas en Nueva York, San Francisco y Londres, y no me gusta quedarme en hoteles.

–¿Cuál consideras tu hogar? ¿Dónde vive tu familia? ¿Tus padres viven?

–Sí.

–¿Están felizmente casados?

–Divorciados. En el caso de mi padre, se ha divorciado tres veces, y supongo que habrá un cuarto en cuanto se celebre la siguiente boda.

–¿Y tu madre?

–Mi madre es estadounidense. Vive en Boston con su tercer marido, que es un abogado matrimonialista.

–¿Qué te consideras más, griego o americano?

–Según el momento –contestó Nik, encogiéndose de hombros.

–Vaya. Así que tienes mucha familia –dijo Lily sintiendo envidia–. Debe de ser maravilloso.

–¿Por qué?

–¿No te parece maravilloso? Supongo que no valoramos las cosas mientras las tenemos.

–¿Vas a llorar?

–No, claro que no.

–Bien, porque las lágrimas son una forma de sentimentalismo que no soporto. No permito que me manipulen y el noventa y nueve por ciento de las veces las lágrimas son manipulación.

Lily tomó una aceituna del cuenco de la mesa.

–¿Y el uno por ciento restante son sinceras?

–Nunca me he encontrado un caso tan raro, así que estoy deseando que ocurra–dijo echándose hacia atrás, mientras el camarero les dejaba una selección de platos–. Son especialidades cretenses. Pruébalas.

Le sirvió en su plato unas judías con una espesa salsa de tomate y le añadió queso de cabra.

–Esto está delicioso –dijo Lily nada más probarlas–. Sigo sin creer que hayas pedido por mí. ¿Vas a darme de comer también? Porque puedo tumbarme y dejar que me metas uvas en la boca, si eso resulta divertido. O puedes cubrirme el cuerpo desnudo de nata montada. ¿Es eso lo que haces en la cama?

–Será mejor que no sepas las cosas que hago en la cama, Lily. Eres demasiado inocente.

Lily recordó que Brittany le había dicho que no parecía sumiso.

–No soy inocente. Tengo los ojos grandes y eso hace que la gente saque una falsa impresión de mí.

–Pareces un gatito abandonado al borde de la carretera.

–Ahí te equivocas. Yo diría que más bien parezco una pantera, depredadora y peligrosa.

Se quedó mirándola y Lily se sonrojó.

–Está bien, quizá no una pantera exactamente, pero tampoco un gatito. Soy una persona fuerte –afirmó ella pensando en su pasado–. Háblame de tu familia. Así que tienes padre y unas cuantas madrastras. ¿Hermanos?

–Una medio hermana de dos años a la que no he visto nunca –contestó Nik tomando su copa de champán–. Su madre le sacó todo el dinero que pudo a mi padre y se fue. Vive en Atenas y va a verlo cada vez que quiere algo.

–Dios mío, eso es terrible. Pobre tu padre.

Nik dejó lentamente la copa sobre la mesa.

–¿Sientes lástima por mi padre?

–No. Bueno, tal vez un poco –respondió sintiendo un nudo en la garganta.

–Es un hombre que no conoces y del que no sabes nada.

–Tal vez pertenezco a ese uno por ciento que siente las cosas.

Lily sollozó y Nik sacudió la cabeza, desesperado.

–¿Y dices que eres fuerte? ¿Cómo puedes estar triste por alguien que no conoces?

–Porque me compadezco de su situación. Debe de ser muy duro no ver a su hija pequeña. La familia es lo más importante del mundo, y muchas veces es lo menos valorado.

–Si dejas que una sola lágrima ruede por tus mejillas, me voy de aquí.

–No te creo, no puedes ser tan desalmado.

–¿Quieres ponerme a prueba? –preguntó fríamente–. Te sugiero que esperes hasta el final de la comida. Preparan el mejor cordero de Grecia y tienen un postre de miel y pistachos que no debes dejar de probar.

–Si el que se va eres tú, entonces puedo quedarme y comerme tu parte –replicó Lily y se metió una cucharada en la boca–. No sé por qué te asustan tanto las lágrimas. No es que espere que me abraces. He aprendido a consolarme yo sola.

–¿Tú sola? ¿Te das un abrazo tú misma? –bromeó.

–Es importante ser independiente.

Había sido autosuficiente desde niña, pero la capacidad de hacerlo todo por sí misma no había mermado el deseo de compartir su vida con alguien.

–¿Por qué se divorciaron tu padre y su última esposa?

–Porque estaban casados, y el divorcio es la consecuencia inevitable de todo matrimonio.

Lily se preguntó por qué tenía una opinión tan triste del matrimonio.

–No de todos.

–Bueno, menos de aquellos afectados de una inercia extrema.

–Así que crees que incluso la gente que permanece casada se divorciaría si se molestaran en hacer el esfuerzo.

–Creo que hay razones para que una pareja permanezca unida, pero el amor no es una de ellas. En el caso de mi padre, su esposa número tres se casó con él por su dinero.

–¿Tiene nombre la esposa número tres?

–Callie.

–¿No te caía bien?

–Si quieres probar el postre, será mejor que hablemos de otra cosa que no sea mi familia.

–Te gusta controlarlo todo, incluso la conversación. ¿Es aquí a dónde traes a todas tus citas?

–Depende de la mujer.

–¿Qué me dices de la mujer con la que estabas esta tarde? No creo que hubiera comido nada de esto.

–Habría pedido una ensalada verde y un pescado a la plancha, y se habría comido la mitad.

–¿Por qué no me has pedido una ensalada verde y un pescado a la plancha?

–Porque tienes pinta de disfrutar comiendo.

–Empiezo a entender por qué las mujeres lloran cuando están contigo. Prácticamente me estás llamando gorda. Para tu información, la mayoría de las mujeres se habrían puesto hechas una furia si les hubieras dicho eso.

–¿Por qué tú no?

–Porque comer aquí es una experiencia única y no
quería perdérmela. Además, no creo que tu intención
fuera ofenderme y me gusta dar a la gente el beneficio
de la duda. Cuéntame qué es lo siguiente que haces en
una cita. Después de traer a una mujer a un sitio así, ¿te
la llevas a tu mansión para acostarte con ella en esa cama
tan grande?

–Nunca hablo de mis relaciones.

–No hablas de tu familia y tampoco de tus relaciones
–dijo Lily tomando un trozo de tomate de la ensalada–.
¿De qué quieres hablar?

–Háblame de tu trabajo.

–Trabajo en tu empresa. De eso sabes tú más que yo,
aunque puedo decir que, con toda esa tecnología a tu
disposición, deberías inventar una aplicación que sin-
cronice toda la información de las mujeres con las que
sales. Tienes una vida sexual muy activa y es fácil equivocarse, sobre todo teniendo en cuenta que son todas
del mismo tipo –comentó Lily y dejó el tenedor a un
lado–. ¿Es ese el secreto de mantener el desapego emocional? Sales con mujeres que parecen clones, sin ninguna característica que las distinga.

–No salgo con clones y no quiero hablar de mi trabajo, sino del tuyo, de tu trabajo como arqueóloga –dijo,
y sus ojos centellearon–. Y procura decir minoica al menos ocho veces por frase.

Lily lo ignoró.

–Soy experta en cerámica. Estudié Arqueología y,
desde que acabé, he estado trabajando en un proyecto financiado a nivel internacional. Entre otras cosas, hemos
estado estudiando cómo los cambios tecnológicos in-
fluyeron en la cerámica minoica, especialmente cuando
sustituyeron los métodos manuales por el torno de alfarero. No solo podemos rastrear patrones de produc-
ción, sino del consumo de la cerámica. La palabra ce-

rámica viene de los griegos, *keramikos*, pero seguro que eso ya lo sabías.

—No puedo creer que estuvieras limpiando mi ducha –dijo él tomando su copa.

—Pagan bien por limpiar tu ducha, y tengo un préstamo estudiantil que devolver.

—Si no tuvieras que devolver ese préstamo, ¿qué estarías haciendo?

—No tengo ni idea. Tengo que ser práctica y no puedo pararme a pensar en eso.

—¿Por qué Creta?

—Creta tiene todas las materias primas necesarias para fabricar cerámica: arcilla, hojalata, agua y combustible. Los análisis microscópicos de las piezas de cerámica indican que esos componentes fueron empleados durante al menos ochocientos años. La manera más útil de entender la tecnología de aquella época es replicándola y usándola, y eso es lo que estamos haciendo.

—¿Así que has estado intentando cocinar como los minoicos?

—Sí, usamos los materiales e instrumentos que se emplearon en Creta durante la Edad de Bronce.

—¿Para eso estás excavando?

—Brittany y el resto del equipo tienen objetivos diferentes. Mientras ellos solo excavan, yo puedo repartir mi tiempo entre las excavaciones y el museo, pero eso está a punto de terminar. Cuéntame qué haces tú.

—Trabajas en mi empresa. Deberías saberlo.

—No sé exactamente qué haces. Sé que eres un mago de la tecnología. Supongo que por eso tienes una ducha que parece diseñada por la NASA. Apuesto a que se te dan bien los ordenadores. La tecnología no es lo mío, pero seguramente ya te has dado cuenta.

—Si lo tuyo no es la tecnología, ¿por qué estás trabajando en mi compañía?

–No me ocupo de nada referente a tecnología, sino a personas. Empecé en Recursos Humanos, a quienes, por cierto, mantienes muy ocupados, y ahora trabajo con tus secretarias. Todavía no he decidido lo que quiero hacer con mi vida, así que voy probando cosas diferentes. Son solo dos días a la semana y quería saber si me gustaba el trabajo en oficina.

–¿Y te gusta el trabajo en oficina?

–Es diferente.

Lily esquivó la pregunta y Nik se quedó mirándola.

–Cuéntame por qué te liaste con ese tipo tan mayor como para ser tu padre.

«Porque soy idiota», pensó mientras sentía que el estómago le daba un vuelco.

–No suelo hablar de mis relaciones.

–Aunque hace poco que te conozco, creo que el problema es conseguir que dejes de hablar. Cuéntamelo.

Algo en aquellos persuasivos ojos negros le hizo abrir su corazón.

–Creo que me sentí atraída por su estatus y seriedad. Me sentí halagada cuando se fijó en mí. Supongo que un psicólogo lo hubiera achacado al hecho de que crecí con un padre cerca. En cualquier caso, se interesó por mí y todo fue muy rápido. Después, me enteré de que estaba casado –dijo bajando la voz–. Me odio por ello y sobre todo lo odio a él por mentirme.

–¿Te hizo llorar?

–Creo que lloré porque la historia se repetía. Mis relaciones siempre siguen el mismo patrón. Conozco a alguien que me gusta, es cariñoso, atento y sabe escuchar. Me enamoro, me acuesto con él, empiezo a pensar en el futuro y, de repente, todo se acaba.

–Y esa experiencia, ¿no te echa para atrás en el amor?

Quizá debería ser así. Desde joven, se había preguntado qué había de malo en ella para que la gente saliera de su vida con tanta facilidad.

Les retiraron los platos y el postre apareció en el centro de la mesa.

–Por una mala comida, no dejarías de comer, ¿verdad? –dijo Lily tratando de mantener la compostura–. Por cierto, es la mejor comida que he tenido en mi vida.

Hundió la cuchara en el hojaldre y la miel rezumó por el plato.

–Cuéntame cómo son tus relaciones –añadió ella–. Hablemos en sentido hipotético ya que no te gusta revelar detalles. Digamos que conoces a una mujer a la que encuentras atractiva. ¿Qué haces a continuación?

–La invito a una cita.

–¿Qué clase de cita? –preguntó Lily y chupó la cuchara–. ¿La llevas al teatro, al cine, a dar un paseo por la playa?

–Cualquier cosa.

–Digamos que la llevas a cenar. ¿De qué hablarías?

–De cualquier cosa.

–De cualquier cosa siempre y cuando no sea de tu familia o de tus relaciones.

–Exacto –replicó él sonriendo.

–Así que hablas, tomas vino caro, disfrutas del paisaje y entonces, ¿qué? ¿La llevas a su casa o te la llevas a la cama?

–Sí.

Se quedó callado mientras el camarero les dejaba una botella con un líquido claro y dos copas. Lily sacudió la cabeza.

–¿Eso es raki? A Brittany le encanta, pero a mí me da dolor de cabeza.

–Se llama *tsikoudia*. Es un licor de uva. Forma parte de la hospitalidad cretense.

–Lo sé. Existe desde la época minoica. Se han encontrado restos petrificados de uvas dentro de antiguas jarras de arcilla llamadas *pithoi*, por lo que se cree que sabían mucho de destilación. Eso no cambia el hecho de que me dé dolor de cabeza.

–Entonces es que no lo has bebido con el agua suficiente –dijo él ofreciéndole una copa pequeña–. La gente local cree que alarga la vida.

Lily dio un sorbo y sintió fuego en la garganta al tragar.

–Sigue contándome cómo son tus citas. No te enamoras porque no crees en el amor. Así que, cuando te llevas a una mujer a la cama, no hay emociones de por medio.

–Hay muchas emociones implicadas.

La mirada que le dirigió, hizo que su corazón empezara a latir más rápido.

–Me refiero a sentimientos. Es sexo por diversión. No sientes nada. Se trata tan solo de satisfacción física. Es parte de tu rutina de entrenamiento.

–Puede que no sea sexo con amor, pero es algo íntimo. Requiere una dosis de confianza.

–¿Puedes hacer eso y, aun así, no implicarte emocionalmente?

–Cuando estoy con una mujer, me preocupa su disfrute, su placer y su felicidad. No la amo.

–¿No amas a las mujeres?

–Amo a las mujeres –respondió, y las comisuras de sus labios se curvaron–. Es solo que no amo a una mujer en concreto.

Lily se quedó mirándolo fascinada. Era imposible que se enamorara de un hombre como Nik. No tenía que revisar su lista para saber que no cumplía ninguno de sus requisitos. Era perfecto.

–Hay algo que quiero decirte y espero que no te sorprenda –anunció ella dejando la copa en la mesa antes de respirar hondo–. Quiero sexo sin compromiso, sin sentimientos, sin enamorarme. Es algo nuevo para mí que nunca antes había hecho.

Nik se quedó mirándola con expresión indescifrable.

–Y me lo estás contando porque...

–Porque pareces un experto –dijo, y su corazón empezó a latir con fuerza–. Quiero que me lleves a la cama.

Capítulo 4

NIK se quedó mirándola en silencio. Era irónico que su idea inicial hubiera sido exactamente esa, llevársela a la cama. Era divertida, sexy y original, pero cuanto más tiempo pasaba con ella, más se daba cuenta de que sus objetivos en la vida eran completamente diferentes. Tal y como ella misma había reconocido, Lily no era la clase de persona que se desligaba emocionalmente en una relación. Por su propio interés, Nik decidió que tenía que mantener la cabeza fría.

—Es hora de que te lleve a casa.

En vez de sentirse defraudada, la noticia pareció alegrarla.

—Eso era lo que esperaba que dijeras. Te prometo que no te arrepentirás. Mi falta de experiencia la compenso con entusiasmo.

Era tan brillante como guapa, y sabía que su confusión era deliberada.

—*Theé mou*, no deberías decir cosas así a un hombre. Podría equivocarse al interpretarlas.

Nik miró la botella de champán y trató de calcular cuánto había tomado Lily.

—No voy a llevarte a mi casa, sino a la tuya.

—Será mejor que no lo hagas. Mi cama es más pequeña que la de un gato. Además, tengo la impresión de que vamos a pasar calor y no tengo aire acondicionado.

La libido de Nik se resistía a toda lógica.

—Te llevaré a casa y luego me marcharé.

—¿Marcharte? ¿No te resulto atractiva?

–Eres muy sexy, pero no eres mi tipo.

–Eso no tiene sentido.

–No me atraen las mujeres que buscan enamorarse, sentar la cabeza y tener muchos hijos.

–Creo que ya había dejado claro que no quiero nada de eso contigo. No cumples ninguno de los requisitos de mi lista, y es por eso por lo que quiero hacer esto. Sé que estaré a salvo. ¡Y tú también!

–¿Cuánto champán has bebido?

–No estoy borracha –contestó sonriendo y se echó hacia delante–. Una noche, eso es todo lo que pido. No te arrepentirás.

Nik hizo acopio de fuerza de voluntad y apartó la vista de sus pechos.

–Tienes razón, no me arrepentiré porque no va a pasar nada.

–Practico yoga. Soy muy flexible. Puedo poner las piernas por encima de la cabeza.

–Deja ya de hablar.

–¿Cuál es el problema? Será una noche divertida. Mañana cada uno seguirá su camino y, si nos encontramos en la oficina, fingiré no conocerte. Llama a tu abogado. Firmaré un acuerdo prometiendo no enamorarme de ti. Lo único que quiero es que me lleves a casa, me quites la ropa, me metas en esa enorme cama tuya y practiquemos sexo en todas las posiciones posibles. Después, saldré por la puerta y no volverás a verme. ¿Trato hecho?

Nik intentó decir algo, pero la mezcla de inocencia y sensualidad de Lily parecían haber provocado un cortocircuito en su cabeza.

–Lily, hazme caso, no es necesario que te lleve a casa, te desnude y te meta en mi cama.

–¿Por qué no? Es solo sexo.

–Has pasado varias horas contándome que no te gusta el sexo sin más.

–Pero esta vez sí. Quiero ser capaz de separar el sexo del amor. La próxima vez que un hombre se cruce en mi camino, no dejaré que el sexo me confunda. No entiendo por qué no quieres hacerlo, a menos que... –dijo y se quedó mirándolo unos segundos antes de echarse hacia delante–. ¿Tienes miedo?

–Estoy sobrio –contestó él tranquilamente–. Cuando juego, me gusta hacerlo con un oponente en igualdad de condiciones.

–Soy más fuerte de lo que parece –afirmó, y un hoyuelo apareció junto a la comisura de sus labios–. Tómate otra copa de champán y llama a Vassilis.

–¿Cómo sabes el nombre de mi chófer?

–Lo he oído. Tiene una cara afable. De veras no hay por qué ponerse nervioso. Si los rumores son ciertos, eres frío e insensible, y por eso no tienes que temer nada de alguien tan insignificante como yo.

–Si soy frío e insensible, ¿por qué ibas a querer meterte en mi cama?

–Porque, aunque eres tremendamente sexy, no eres mi tipo. Perfecto para el sexo por diversión.

Nik miró aquellos ojos azules e intentó ignorar el arrebato de deseo sexual que lo había acompañado desde el momento en que había puesto los ojos sobre ella. Maldijo entre dientes y se puso de pie. Nunca antes hacer lo correcto le había parecido tan inoportuno.

–Nos vamos.

–Magnífica decisión –dijo ella tomándole de la mano y poniéndose de puntillas para hablarle al oído–. Seré suave contigo.

Nik sintió que una oleada de calor se expandía por su cuerpo. Estaba tan excitado que se sentía tentado a arrastrarla tras cualquier puerta, arrancarle el vestido y recorrer cada centímetro de su cuerpo desnudo.

Vassilis estaba esperando fuera con el coche y Nik se sentó lo más lejos posible de ella. Llevaba toda la vida evitando a mujeres que como ella creían en almas gemelas. Para él, el mito del amor se había desvanecido en su niñez, junto a Papá Noel y el Ratoncito Pérez.

–¿Dónde vives?

–No hace falta que lo sepas porque vamos a volver a tu casa. Tu cama es tan grande que seguro que se ve desde el espacio.

–Lily... –comenzó Nik, pasándose la mano por el mentón.

El teléfono de Lily sonó al recibir un mensaje de texto y lo sacó del bolso.

–Tengo que contestar. Debe de ser Brittany para saber si estoy bien. Probablemente Spy y ella estén preocupados porque me vieron irme contigo.

–Tal vez deberías hacer caso a tus amigos.

–Estoy a punto de disfrutar de sexo sin ataduras –murmuró mientras escribía–. Hablamos mañana.

Nik se sitió tentado de arrebatarle el teléfono y decirle a sus amigos que fueran a buscarla.

–¿Brittany era la del vestido azul?

–Es la versión femenina de ti, pero sin dinero. No se implica sentimentalmente. Hoy me he enterado de que estuvo casada diez días cuando tenía dieciocho años. ¿Puedes creerlo? No conozco los detalles, pero al parecer es el motivo por el que no quiera repetir la experiencia –dijo y apretó el botón de enviar antes de volver a guardar el teléfono en el bolso–. Pasé la infancia en hogares de acogida, así que no tengo familia. Creo que por eso son tan importantes mis amigos. Nunca tuve la sensación de pertenecer a ninguna parte. Es una sensación muy triste para una niña.

–¿Por qué me cuentas todo esto? –preguntó él, sintiéndose incómodo.

–Como vamos a tener sexo, pensaba que te gustaría saber algo de mí.

–Pues no.

–Eso no es muy cortés.

–No pretendo ser cortés. Soy así. No es demasiado tarde para pedirle a mi chófer que te deje en casa. Dale la dirección.

Lily se echó hacia delante y apretó el botón para cerrar la mampara que los separaba del conductor. Luego se deslizó en el asiento, cerró los ojos y alzó la cabeza hacia Nik.

–Bésame. Sea lo que sea que haces, hazlo ahora.

Nik siempre se había considerado un hombre disciplinado, pero estaba empezando a reconsiderarlo. Con ella, era imposible contenerse. Miró aquellas largas pestañas y la curva de sus labios rosados, e intentó recordar cuándo había sido la última vez que se había sentido tentado a practicar sexo en la parte trasera de su coche.

–No.

Nik consiguió darle la debida convicción a la palabra, pero en vez de apartarse, Lily avanzó.

–En ese caso, te besaré yo. No me importa llevar la iniciativa –dijo acariciando el interior del muslo de Nik.

Estaba tan excitado que no supo por qué se estaba negando y, en vez de apartarla, sujetó su mano con fuerza y giró la cabeza hacia ella.

Su mirada la hizo sonrojarse. Maldiciendo entre dientes, Nik inclinó la cabeza y separó sus labios con la lengua, tomando su boca con una intensidad sexualmente explícita. Su intención era asustarla, así que no se contuvo ni disimuló su ímpetu. Sin embargo, en vez de apartarse, ella se acercó aún más, colocándose sobre su regazo. Su sabor era el de la dulce tentación, su boca suave e impaciente.

Nik sintió el peso de sus pechos sobre el brazo y gimió, mientras le sujetaba la cabeza para saciar la demanda de aquel beso. La lengua de Lily se movía en su boca, a la vez que se enroscaba como un gatito, estrechando sus curvas contra él. Era un beso sin límites, una explosión de deseo en estado puro.

Nik deslizó la mano bajo su vestido, por la suave piel de su muslo hasta los rincones de su entrepierna. Fue el gemido de placer de Lily lo que lo despertó.

Dios santo, estaban en el coche, en mitad del tráfico. La soltó como si quemara y la apartó.

—Pensé que eras inteligente.

—Soy muy inteligente —balbuceó ella, respirando agitadamente—. Besas muy bien. ¿Eres tan bueno en todo lo demás?

Su pulso estaba acelerado y estaba tan excitado que no se atrevía a moverse.

—Si de verdad quieres venir conmigo a casa, entonces no eres tan lista como pareces.

—¿Qué te hace pensar eso?

—Una mujer como tú debería mantenerse alejada de hombres como yo. No tengo vida amorosa, tengo vida sexual. Me aprovecharé de ti. Si te metes en mi cama, solo habrá disfrute y nada más. No me importarán tus sentimientos. No soy cariñoso ni considerado, quiero que lo tengas claro.

Se hizo un largo silencio. Luego, ella lo miró a los labios.

—De acuerdo, lo entiendo. Mensaje recibido. Espero que este coche pueda ir más rápido porque en mi vida he estado tan excitada.

No era la única. Su autocontrol estaba al límite. ¿Por qué quería evitar aquello? Era una mujer adulta, no estaba borracha y sabía lo que hacía. La lógica no se rendía a la libido, la destruía.

—Tienes que estar muy segura, Lily.

–Lo estoy. Nunca he estado tan segura de algo en mi vida. A menos que quieras ser arrestado por llevar a cabo actos indecentes en un lugar público, será mejor que le digas a Vassilis que se salte algún límite de velocidad.

Lily entró en la mansión que había estado limpiando unas horas antes, nerviosa. En el entorno romántico del restaurante, le había parecido una buena idea, pero, en aquel momento, no estaba tan segura.

–¿Por qué contrataste una empresa de limpieza?

–No lo hice –dijo dejando la chaqueta en el respaldo de una silla–. Tengo gente que cuida de este sitio. Probablemente lo hicieran ellos. No les avisé con demasiada antelación de mi llegada. Me da igual cómo hagan su trabajo, siempre y cuando esté hecho.

–Hace una noche estupenda –dijo Lily, contemplando la piscina desde el salón.

Nada de aquello tenía que ver con el romanticismo. Sus anteriores relaciones habían sido con hombres a los que conocía y por los que sentía algo. Aquella situación era nueva para ella.

–¿Tienes algo de beber?

–¿Tienes sed?

–Un poco –contestó nerviosa.

Nik salió un momento de la habitación y volvió con un vaso de agua.

–Quiero que estés sobria.

Consciente de que de veras iban a hacerlo, de repente se dio cuenta de que estaba temblando tanto, que estaba derramando el agua.

–Vaya, estoy manchando el suelo que había limpiado.

Lily clavó la mirada en la piel bronceada de su cuello. Todo en él resultaba muy masculino. No solo era peligrosamente atractivo, era letal, y de repente se preguntó qué estaba haciendo. Quizá debería haber aceptado el ofrecimiento de Spy de sexo sin ataduras, pero no sentía por él ni una décima parte de aquel magnetismo. Sabía que se arrepentiría si se marchaba. Se tomaba las relaciones con demasiada seriedad. Si estaba decidida a probar algo diferente, no había nadie mejor para hacerlo que con Nik.

–¿Asustada?

–Un poco –contestó ella sonriendo–. Pero solo porque no suelo hacer esto –añadió, y dejó el vaso en la mesa de cristal–. Olvida que estoy temblando y sigamos adelante.

Lily sintió la calidez de su mano al final de la espalda. Luego, tomó su rostro entre las manos y la obligó a mirarlo.

–Lily Rose...

–Nik... –respondió ella después de tragar saliva.

–No estés nerviosa –murmuró junto a sus labios–. No hay motivo para que estés nerviosa.

–No lo estoy –mintió–. Es solo que no sé qué va a pasar ahora.

–Yo decidiré lo que va a pasar.

Lily sintió que el corazón rebotaba entre sus costillas.

–¿Qué quieres que haga?

–Quiero que dejes de hablar –contestó él acariciándole la mejilla.

–Voy a dejar de hablar en este preciso instante.

Lily sintió como si mil mariposas quisieran escapar de su estómago. Aquellos dedos acariciaban con suavidad su rostro, deslizándose por su cuello y su pelo.

Se incorporó, desorientada por el placer embriagador de sus caricias y la tortura de sus besos ansiosos. El calor de su bajo vientre se extendía por todo su cuerpo, debilitando sus rodillas, y deslizó las manos por sus anchos hombros, sintiendo la dureza de sus músculos. Nik siguió bajando con su boca y ella echó hacia atrás la cabeza mientras la besaba por el cuello. Volvió a hundir la mano en su melena y tomó de nuevo sus labios entre los suyos. La besó con tanta destreza, que la cabeza empezó a darle vueltas. Con cada embestida de su lengua, sentía que estaba perdiendo el control de los sentidos. Temblorosa, acarició su rostro, sintiendo la aspereza de su mentón y la perfección de su estructura ósea. Luego, sintió que la estrechaba aún más contra él.

A través de la suave tela del vestido sintió su erección y dejó escapar un gemido mientras la atrapaba con la fuerza de sus brazos, recordándole que aquello no era un juego. Los besos se volvieron más profundos y desesperados y Lily tiró de su camisa. Sus movimientos eran más frenéticos con cada centímetro de piel masculina que dejaba al descubierto.

Su pecho era fuerte, sus abdominales lisos y, por un instante, se sintió aturdida ya que nunca había tenido sexo con un hombre tan seguro de sí mismo y experimentado como él.

—Quisiera quedarme vestida, si no te importa.

—No me parece bien.

Pero había una nota divertida en su voz. Nik subió la mano de la cadera a la cintura de Lily, atrayéndola de nuevo hacia él. Sus dedos rozaron el lateral de su pecho y ella gimió.

—Parece que estuvieras todo el día haciendo deporte.

—Pues no es así.

—¿Consigues este cuerpo solo con el sexo?

—Prometiste dejar de hablar —dijo él cubriendo su boca con la suya.

—Eso fue antes de que te viera medio desnudo. Me siento intimidada. Esa foto no mentía. Ahora que sé el aspecto que tienes sin ropa, no me siento a gusto con mi cuerpo.

Él sonrió y Lily sintió sus manos en la espalda de su vestido, antes de que la seda cayera al suelo.

Desnuda frente a él, con tan solo la ropa interior y los zapatos de tacón, se sintió desprotegida. No importaba que ya la hubiera visto así. Aquello era diferente.

–Subamos.

Le temblaban tanto las piernas que no estaba segura de ser capaz de caminar. Al sentir que la tomaba en brazos, suspiró y se aferró a sus hombros.

–No me sueltes, me salen cardenales con mucha facilidad –dijo observando con anhelo sus rasgos masculinos–. Si hubiera sabido que ibas a llevarme en brazos, no habría tomado postre.

–El postre es lo mejor.

Nik la llevó hasta su dormitorio y la dejó en el suelo, cerca de la cama. Aunque no lo vio moverse, una tenue luz se encendió. Al mirar a su alrededor, Lily se dio cuenta de que, si se metían en la cama, su cuerpo quedaría iluminado por aquella claridad.

–¿Puedes apagar la luz?

–No –respondió él, llevándose las manos al cinturón.

Después de que Nik se quitara la última prenda, Lily bajó la vista y sintió que le ardían las mejillas. Tan solo fue un breve instante, lo suficiente para que su cabeza grabara aquella imagen de su cuerpo.

–¿Eres modelo de ropa interior en tu tiempo libre? Porque realmente... –dijo, y sintió que se sonrojaba–. Está bien, todo este asunto sería más sencillo en la oscuridad, así no me sentiría tan intimidada por tus increíbles abdominales.

–Calla –le ordenó él, apartándole el pelo de la cara–. ¿Confías en mí?

–Eh... Sí, eso creo. ¿Por qué? ¿Acaso parezco tonta?

–No. Cierra los ojos.

Lily dudó un instante antes de cerrarlos. Oyó el sonido de un cajón al abrirse y luego sintió que le ataba algo suave y sedoso alrededor de los ojos.

–¿Qué estás haciendo?

Alzó la mano, pero él la tomó por la muñeca y se la apartó.

–Relájate. Estoy anulándote un sentido, ese que tan nerviosa te está poniendo. Todavía dispones de los otros cuatro. Quiero que los uses.

–No puedo ver.

–Exacto, querías hacer esto a oscuras. Ahora estás a oscuras.

–Me refería a que apagaras la luz. Quería que tú no me vieras, no que yo no te viera a ti.

–Shh.

Acercó la boca a la de ella y le acarició suavemente los labios con la lengua con movimientos lentos y sensuales, antes de bajarle los tirantes del sujetador por los brazos. Al sentir humedad entre los muslos, los apretó. Estaba tan excitada que apenas podía respirar.

Nik se tomó su tiempo para explorar su cuello, sus hombros y las curvas de sus pechos y llegó un momento en el que Lily no fue capaz de seguir de pie por más tiempo. Él debió de darse cuenta porque la hizo tumbarse en la cama, sujetándola para que no perdiera el equilibrio.

Lily no podía ver nada tras la venda de seda, pero sintió su peso sobre ella mientras le quitaba las bragas de seda y la dejaba desnuda.

Estaba temblando. Se le habían agudizado los sentidos por la falta de visión. Sintió el calor de su boca sobre uno de sus pezones y las caricias de su lengua provocaron que su cuerpo se sacudiera entre oleadas de placer.

Lily gimió y se aferró a sus hombros.

–¿Tengo que decir alguna palabra en especial si quiero que pares?

–Simplemente di: «Para». Si hago algo que te incomode, dímelo.

–¿También si me da vergüenza?

Nik rio y le separó las piernas con la mano. Lily sintió su aliento mientras deslizaba su boca desde el ombligo al interior de su muslo, deteniéndose junto a su rincón más oculto.

–Relájate, *erota mou*.

Trató de quitarse la venda, pero Nik la sujetó por las muñecas con una mano mientras se afanaba con la otra en separarle las piernas. Excitada sin poder resistirlo más, aturdida en una mezcla de deseo y tormento, trató de cerrarlas, pero él empezó a lamer su zona más íntima, explorándola habilidosamente con la lengua, hasta que lo único que deseó fue que terminara lo que había empezado.

–Nik...

Lily se arqueó y Nik le soltó las manos y la tomó por las caderas, manteniéndola sujeta mientras seguía dándole placer con la lengua. Ya no le preocupaba quitarse la venda. Lo único que tenía en la cabeza era aliviar aquel ardor que se estaba volviendo insoportable.

Lily se aferró a las sábanas y jadeó, mientras Nik la penetraba con sus dedos. Sus caricias provocaron que empezara a sentir palpitaciones, pero en vez de darle lo que quería, retiró la mano.

–Por favor, por favor –dijo jadeando, preguntándose qué estaba haciendo.

Se retorció para tocarlo y, al escuchar un sonido, entendió el motivo de aquel breve receso. Se estaba poniendo un preservativo y enseguida dejó de pensar con coherencia al percibir el calor de su cuerpo cubriéndola.

Sintió su erección y se puso tensa ante la expectativa, pero en vez de penetrarla, tomó su rostro entre las manos y suavemente le quitó la venda.

–Mírame.

Su mente asimiló aquella orden, abrió los ojos y se quedó mirándolo fijamente. Nik la tomó por el trasero y la penetró en una serie de lentas y deliciosas embestidas. Era increíblemente delicado. Se detuvo y la besó con suavidad en la boca, manteniéndole la mirada.

–¿Estás bien? ¿Quieres que pare?

Su tono de voz era calmado, pero la tensión que se adivinaba en su mentón evidenciaba que no estaba tan tranquilo como parecía.

Lily deslizó las manos por la anchura de sus hombros y acarició su espalda, a la vez que él se movía sobre ella a un ritmo desesperado. Lo rodeó con las piernas y el placer fue en aumento. Nik la besó apasionadamente y las primeras sacudidas del orgasmo se apoderaron de ella. No dejaron de besarse mientras su cuerpo se contraía, aferrándose al de él y llevándolo al límite. Nunca antes había sentido nada parecido. Aquella experiencia estaba descubriendo su capacidad para la sensualidad.

Pasaron varios minutos hasta que fue capaz de hablar y unos cuantos más hasta que pudo mover el cuerpo.

Al tratar de apartarse de él, Nik la rodeó con fuerza con sus brazos.

–¿Adónde crees que vas?

–Estoy siguiendo las reglas. Pensé que esto era cosa de una noche.

–Así es –replicó Nik, tirando de ella–. Y la noche todavía no ha acabado.

Capítulo 5

NIK pasó diez minutos bajo el agua fría de la ducha, tratando de despertarse después de la peor noche de sueño de su vida y la mejor de sexo. No recordaba la última vez que no había querido levantarse de la cama.

Le esperaba mucho trabajo en la oficina y, por vez primera, estaba considerando trabajar desde casa para pasar unas horas más con Lily. Después de su timidez inicial, se había mostrado atrevida e insaciable, cualidades que los habían mantenido despiertos hasta el amanecer. Finalmente, ella se había quedado dormida, con el cuerpo entrelazado al suyo, mientras los primeros rayos bañaban el dormitorio.

Le había resultado imposible escabullirse sin despertarla, así que se había quedado allí, embriagado por el olor de su piel y de su cabello y atrapado por aquellas largas piernas.

No había más culpable que él. Había estado dispuesta a marcharse, pero él se lo había impedido. Frunció el ceño al pensar en su comportamiento. No necesitaba mostrar afecto ni ninguna otra emoción. Para él, el sexo era una necesidad física, no muy diferente al hambre o a la sed. Una vez satisfecho, seguía con su vida. No deseaba nada más intenso porque no creía que existiera.

Cuando era más joven, varias mujeres habían intentado convencerlo de lo contrario, sin que ninguna lo consiguiera. Lo había escuchado todo: que no tenía corazón, que era un egoísta, que estaba demasiado centrado en el trabajo. Había aceptado aquellas acusaciones sin discutir, sabiendo que ninguna de ellas justificaban su permanente estado de soltería. Era mucho más sencillo que todo aquello: simplemente, no creía en el amor. Desde una edad muy temprana había aprendido que el amor desaparecía tan rápidamente como llegaba, que las promesas podían romperse a la vez que se hacían, que un anillo de boda era una pieza más de joyería y que los votos matrimoniales ataban menos que una rama enredada a otra.

No necesitaba de la amistad y el afecto que regían la vida de otras personas. Había aprendido a vivir sin ello, así que verse abrazado por una mujer que sonreía incluso en sueños era algo tan novedoso para él como inquietante.

Después de dormir un rato, consiguió zafarse de su abrazo sin despertarla y se fue al cuarto de baño a considerar las opciones que tenía. Debía de encontrar la manera de alejarla diplomáticamente.

Se duchó, se afeitó y volvió al dormitorio. Convencido de que seguiría durmiendo, se sorprendió al encontrarla vestida con una camisa blanca suya, hablando por teléfono.

–Claro que estará allí –estaba diciendo en tono muy amable–. Estoy segura de que ha sido un malentendido. Bueno, estoy de acuerdo con usted, pero está muy ocupado.

Lily se tumbó en la cama boca abajo, las sábanas enredadas entre sus muslos desnudos. Nik la miró y decidió que no había motivo para que se fuera inmediatamente. Desayunarían en la terraza y quizá se bañaran en la piscina. Más tarde pensaría en alguna postura que no hubieran probado, antes de mandarla en coche a su casa.

Se colocó delante de ella y, lentamente, se quitó la toalla de la cintura. Lily abrió los ojos como platos y sonrió con picardía. Nik deseó que colgara.

Se vistió bajo su atenta mirada, mientras la conversación se reducía a monosílabos. Era la clase de conversación que no había tenido en su vida, aquella que implicaba escuchar a la otra persona desahogarse. Nunca había entendido la necesidad de las mujeres de contarlo y analizarlo todo.

—Lo sé —murmuró ella—. No hay nada más doloroso que una ruptura en la familia, pero hay que ser sincero con los propios sentimientos.

Era evidente que la conversación iba para largo. Alguien la había llamado convencido de que hablar con ella le haría sentir mejor.

Molesto, Nik se pasó un dedo por el cuello para indicarle que colgara. Entonces Lily señaló el teléfono con su mano libre.

—Es para ti —le dijo en voz muy baja—. Es tu padre.

¿Su padre? ¿La persona a la que llevaba veinte minutos tranquilizando era su padre?

Nik se quedó de piedra. Entonces se dio cuenta de que el teléfono que Lily tenía en la mano era el suyo.

—¿Has contestado mi teléfono?

—En condiciones normales no lo habría hecho —susurró—, pero cuando vi que era tu padre, supuse que querrías hablar con él. No quería que perdieras la llamada por estar en la ducha.

Convencida de que le había hecho un enorme favor, se despidió de su padre y le tendió el teléfono. La parte delantera de la camisa se ahuecó, dejando entrever aquellas tentadoras curvas que tan minuciosamente había recorrido la noche anterior. Deseó deshacerse del aparato y llevársela de nuevo a la cama.

—Esa camisa es mía.

—Tienes muchas, no pensé que echarías de menos una.

Nik apartó la mirada de sus labios sonrientes, tomó el teléfono y empezó a hablar.

—No hacía falta que me llamaras otra vez. He recibido tus últimos cuatro mensajes.

—Entonces, ¿por qué no me has devuelto la llamada?

—He estado muy ocupado.

—¿Demasiado ocupado para hablar con tu padre? Te he llamado todos los días de esta semana.

Consciente de que Lily lo estaba escuchando, se acercó a la ventana y se quedó mirando el mar.

—¿Sigue en pie la boda?

—¡Por supuesto que sí! ¿Por qué no iba a ser así? Amo a Diandra y ella me ama a mí. A ti también te gustaría si te tomaras la molestia de conocerla —dijo, y se hizo un silencio entre ambos—. Nik, ven a casa. Hace tiempo que no vienes.

—He estado ocupado.

—¿Ocupado para visitar a tu propia familia? Sé que no te gustaba Callie y es cierto que durante mucho tiempo estuve enfadado contigo por no ser más amable con ella, especialmente después de lo cariñosa que era contigo, pero eso ya ha quedado atrás.

Nik recordó aquella clase de «cariño» y apretó con fuerza el teléfono. Quizá se había equivocado al no contarle a su padre la verdad sobre su tercera esposa.

—¿Irá Callie a la boda?

—No —contestó su padre, y se quedó callado unos segundos—. Le he pedido que traiga a la pequeña Chloe, pero no ha respondido a mis llamadas. Me doy cuenta de que es una situación muy incómoda para todos.

—¿De veras quieres que Callie vaya a la boda?

—Ella no, pero Chloe sí. Si por mí fuera, estaría viviendo aquí conmigo. No he perdido la esperanza de que lo consiga algún día. Chloe es mi hija, Nik. Quiero que crezca conociendo a su padre. No quiero que piense que la abandoné o que no quise que formara parte de mi vida.

—Esas cosas pasan. Son parte de la vida y de las relaciones.

—Siento que pienses así. La familia es lo más importante en la vida y me gustaría que algún día tuvieras una.

—Tengo mis propios objetivos en la vida y ese no es uno de ellos.

A la vista de la complejidad de las relaciones, se alegraba de que fuera así. Como todos los demás aspectos de su vida, sus sentimientos estaban bajo control.

—¿Crees que a Diandra le gustaría que Chloe viviera con vosotros?

—¡Por supuesto! Es encantadora. Lo está deseando tanto como yo. Y también está deseando conocerte. Quiere que seamos una verdadera familia. Vamos, Nik, vuelve a casa. Quiero que olvidemos el pasado. Callie ya no está aquí.

Nik no le dijo que la razón por la que evitaba volver a la isla no tenía nada que ver con Callie. Cada vez que iba allí, lo asaltaba el recuerdo de su madre marchándose en mitad de la noche mientras él la observaba desde la escalera.

«¿Adónde vas, mamá? ¿Vas a llevarme contigo? ¿Puedo ir yo también?».

—Niklaus, ¿vendrás? —estaba diciendo su padre.

—Sí, si eso es lo que quieres —respondió frotándose la nuca.

—¿Cómo puedes dudarlo? La boda es el martes, pero la mayoría de nuestros amigos llegarán durante el fin de semana para empezar a celebrarlo. Ven el sábado.

¿El sábado? ¿Su padre esperaba que se quedara cuatro días?

–Veré si puedo despejar mi agenda.

–Claro que puedes. ¿Qué sentido tiene dirigir tu propia compañía si no puedes decidir tu propio horario? Ahora, háblame de Lily. Me cae muy bien. ¿Por qué no la traes a la boda?

–No tenemos esa clase de relación.

Estaba molesto. ¿Por qué había pasado tanto tiempo al teléfono hablando con su padre? ¿Acaso era su manera de conseguir una invitación para la gran boda del año en Grecia?

Se despidió de su padre y colgó.

–Nunca más vuelvas a contestar mi teléfono –dijo dándose la vuelta.

Pero estaba hablando a una habitación vacía porque Lily no estaba por ninguna parte. Atónito, Nik miró hacia el baño y entonces vio una nota sobre la almohada. Nik tomó la nota y la arrugó. Había estado tan absorto hablando con su padre, que no la había oído marcharse.

El vestido de la noche anterior estaba cuidadosamente colocado sobre la silla, pero no había ni rastro de los zapatos ni de la camisa. No necesitaba ningún plan para apartarla de su vida porque ella misma se había ido. Y ni siquiera se había molestado en despedirse.

–No hace falta que te pregunte si has pasado una buena noche porque se te nota en la cara –dijo Brittany poniéndose las botas y tomando su bolso–. Bonita camisa, ¿es de seda? Reconozco que ese hombre tiene estilo.

–Gracias por mandarme el mensaje y preocuparte por mí. ¿Qué tal tu noche?

–No tan apasionante como al parecer fue la tuya.

Mientras jugabas a Cenicienta, yo estaba catalogando trozos de cerámica y fragmentos de huesos. Así de emocionante es mi vida.

–Te encanta, no mientas –dijo Lily recogiéndose el pelo en una coleta–. ¿Encontraste algo después de que me marchara ayer?

–Trozos de yeso, vasos cónicos... También encontramos una pierna de bronce que seguramente pertenezca a la figura que apareció la semana pasada. ¿Me estás escuchando?

Lily estaba recordando el momento en el que Nik le había quitado la venda de los ojos.

–¡Qué emocionante! Más tarde iré al yacimiento.

–Vamos a quitar la parte rocosa del montículo y a excavar en la parte noreste de la muralla –dijo Brittany mirándola–. Será mejor que te quites esa camisa de seda blanca. ¿Vas a contarme los detalles?

–¿De qué?

–Venga, por favor...

–Fue divertido. Está bien, fue increíble –admitió Lily sonrojándose.

–¿Así de bien? Me das envidia. No he tenido buen sexo desde... Bueno, digamos que desde hace tiempo. ¿Vas a volver a verlo?

–Claro que no. El sexo por diversión es sexo de una noche, sin compromisos. ¿Tenemos algo en la nevera? Estoy muerta de hambre.

Lo cierto era que, en tan solo una noche, Nik la había hecho sentirse especial.

–¿Te hace gastar calorías extra y no te invita a tomar algo antes de marcharse?

–No me ha visto irme. Tuvo que contestar una llamada.

Por su expresión cuando le había pasado el teléfono, si por él hubiera sido, no habría contestado. ¿Por qué un hombre no querría hablar con su padre?

Recordó cómo Kostas Zervakis le había contado que hacía mucho que su hijo no iba a casa. Se había sentido incómoda escuchándolo, pero a la vez le había parecido que aquel hombre estaba tan triste que no había tenido la sangre fría para cortarlo. Lily sabía que la familia no era un tema del que le gustara hablar a Nik.

La conversación le había dejado un mal sabor de boca, una sensación ridícula teniendo en cuenta que no conocía a Kostas y muy poco a su hijo. ¿Por qué debía importarle que tuvieran problemas entre ellos?

Su primera reacción había sido intervenir, pero al instante se había dado cuenta del peligro que ello entrañaba. A Nik no le gustaban las intromisiones, especialmente en su vida personal.

Había aprovechado que estaba concentrado en la llamada telefónica para marcharse apresuradamente, no sin antes escuchar lo suficiente como para presentir un final feliz.

—¿Cómo dices? —preguntó Lily, al darse cuenta de que Brittany le estaba hablando.

—¿No sabe que te has ido?

—A estas horas ya debe saberlo.

—No creo que le haya gustado que no te hayas despedido.

—Estará encantado. Se sentirá aliviado por no tener que mantener una conversación incómoda. Como nos movemos en círculos diferentes, no creo que vuelva a verlo más.

Eso no debería importarle. Aunque para ella era una novedad tener una aventura de una noche, era una experta en relaciones temporales. Nadie había permanecido en su vida lo suficiente. Se sentía como una estación de trenes abandonada por la que pasaban los trenes sin parar.

Brittany miró por la ventana y arqueó las cejas.

–Creo que vas a volver a verlo más pronto de lo que piensas.

–¿Por qué dices eso?

–Porque acaba de parar su coche ahí fuera.

Lily sintió que el corazón quería salírsele del pecho.

–¿Estás segura?

–Bueno, hay un Ferrari aparcando que cuesta más de lo que ganaré en toda mi vida, así que, a menos que otra persona que también viva en este edificio haya llamado su atención, es evidente que quiere hablar contigo.

–Oh, no –exclamó Lily, apoyándose en la puerta del dormitorio–. ¿Puedes verle la cara? ¿Parece enfadado?

–¿Qué razón iba a tener para estar enfadado? ¿Lo dices por la camisa? Seguro que puede comprarse otra.

–No creo que haya venido por la camisa. Supongo que será por lo de esta mañana. Voy a esconderme en el balcón y le dirás que no me has visto.

Oyó su voz en la entrada y luego escuchó a Brittany.

–Claro, Nik, pasa. Está en la habitación, escondida.

La puerta se abrió unos instantes después y apareció Brittany, mirándola divertida.

–Eres una traidora –dijo Lily enfadada.

–Soy una amiga que te está haciendo un favor –murmuró Brittany–. Este hombre es muy guapo –añadió susurrando, y se hizo a un lado–. Adelante. Hay poco espacio, pero no creo que os importe.

–¡No! Brittany, no...

Lily forzó una sonrisa mientras Nik entraba en la habitación. Su imponente físico llenaba la estancia y deseó haber escogido otro lugar para esconderse.

–Si estás enfadado por la camisa, dame dos minutos para cambiarme. No debería habérmela llevado, pero no quería volver con un vestido de noche que ni siquiera era mío.

–Me da igual la camisa. ¿De verdad crees que he venido por la camisa?

–No, supongo que estás enfadado porque contesté tu teléfono. Vi que era tu padre y pensé que no querrías perder la llamada. Si yo tuviera padre, lo llamaría todos los días.

El rostro de Nik continuó inexpresivo.

–No tenemos esa clase de relación.

–Eso lo sé ahora, pero no lo sabía cuando contesté el teléfono. En cuanto tu padre empezó a hablar, me di cuenta de que estaba tan triste que no quise colgarle. Necesitaba hablar con alguien y allí estaba yo, en el sitio y el momento adecuado.

–¿Eso crees? Porque yo diría que estabas en el sitio y el momento equivocado.

–Depende de cómo te lo tomes. ¿Habéis conseguido calmar los ánimos? –preguntó arriesgándose a mirarlo a la cara–. Supongo que la respuesta es que no. Si empeoré las cosas al contestar la llamada, lo siento.

–¿De veras? –preguntó él arqueando una ceja.

Lily abrió la boca para decir algo, pero volvió a cerrarla.

–Lo cierto es que no. La familia es lo más importante del mundo y no entiendo que haya distanciamientos. Sé que la relación que tengas con tu padre no es asunto mío.

–Para alguien que reconoce que no es asunto suyo, demuestras mucho interés. ¿Por qué te has ido?

–Pensé que la primera regla del sexo sin compromiso era irse enseguida a la mañana siguiente. Además, la idea de desayunar contigo después de todo lo que hicimos anoche no me entusiasmaba. Seguro que, mientras te duchabas, has estado pensando en la manera de deshacerte de mí –dijo Lily y, al ver su expresión, supo que estaba en lo cierto y asintió–. Pensé que era mejor evitar un momento incómodo para los dos y me fui. Me puse una camisa tuya y estaba yéndome cuando tu teléfono sonó.

–¿No se te ocurrió ignorar la llamada?

–Pensé que podía ser importante. ¡Y lo era! Tu padre estaba tan triste... Me contó que te había dejado un montón de mensajes. ¿Por qué hace años que no vas a verlo?

–Una noche en mi cama no te da derecho a hacer ese tipo de preguntas.

–Capto el mensaje, nada de asuntos personales. Anoche fuiste encantador, divertido y seductor. Esta mañana eres frío e intimidante.

–Discúlpame. No era mi intención ser frío ni intimidante, pero no deberías haber contestado el teléfono.

–Lo hecho, hecho está. Y me alegro de haber ayudado a alguien que sufría.

–Mi padre no sufre.

–Sí, claro que sí. Te echa de menos. Este distanciamiento que hay entre vosotros le duele. Quiere que vayas a su boda. Le partirá el corazón si no vas.

–Lily...

–Solo porque no creas en el amor, no quiere decir que debas imponer tu punto de vista a los demás y juzgarlos por sus decisiones. Tu padre es feliz y le estás amargando. Te quiere y quiere que vayas a la boda. Tienes que olvidar lo que te molesta e ir a su boda. Deberías demostrarle que a pesar de todo le quieres y que, si su matrimonio no va bien, estarás ahí para apoyarlo.

–Estoy de acuerdo.

–¿De veras?

–Sí. He intentado decírtelo, pero no parabas de hablar. Creo que debería ir a la boda y por eso estoy aquí. Quiero que vengas conmigo.

–¿Yo? ¿Por qué?

–Estoy dispuesto a asistir porque eso es lo que quiere mi padre, pero no tengo mucha fe en mi capacidad para convencer a los demás de que su boda me hace feliz. Por mucho que me diga que Diandra es la mujer de su vida, no tengo fe en esta unión. Sin embargo, tú pareces ver finales felices donde no los hay. Espero que, yendo contigo, la gente quede cegada por tu optimismo.

–¿De verdad crees que este matrimonio está abocado al fracaso? ¿Cómo puedes decirlo sin ni siquiera conocer a Diandra?

–En lo que a mujeres se refiere, mi padre no sabe juzgar. Sigue los dictados de su corazón y no del sentido común. No puedo creer que haya decidido volver a casarse después de tres intentos fallidos. Creo que es una locura.

–A mí me parece tierno.

–Motivo por el que quiero que me acompañes –dijo y tomó una pequeña bandeja azul de la estantería–. Me gusta. ¿Dónde lo has comprado?

–No lo he comprado, lo he hecho yo. Y todavía no he dicho que vaya a acompañarte.

–¿Lo has hecho tú?

–Es una afición que tengo. Hay un horno en el trabajo y a veces lo uso. El padre de uno de los encargados del museo es alfarero y me ayuda. Es interesante comparar las técnicas antiguas y modernas.

–¿No se te ha ocurrido ganarte la vida con esto? –preguntó Nik, estudiando la bandeja que tenía en la mano–. Podrías montar una exposición.

–Lo que me gustaría hacer y lo que puedo hacer no son la misma cosa. Es económicamente inviable –dijo sin ni siquiera pararse a considerarlo–. Bueno, hablemos de la boda. Es un asunto íntimo, una ocasión especial para compartir con amigos y allegados, y a mí apenas me conoces.

–Sé todo lo que necesito saber, que te gustan las bodas tanto como yo las odio.

–Si voy contigo, la gente empezará a especular. ¿Cómo explicarás nuestra relación a tu padre? ¿Quieres que finjamos que somos pareja o que hace tiempo que nos conocemos?

–No, solo diremos la verdad, que te he invitado a la boda como amiga.

–¿Amiga con derecho a roce?

–Eso queda entre nosotros. Bastante estresante será la boda como para tener que interpretar un papel.

Fue el evidente rechazo de Nik a las mentiras lo que la ayudó a decidirse.

–¿Cuándo saldremos?

–El próximo sábado. La boda es el martes, pero habrá cuatro días de celebración –contestó sin disimular su desagrado.

–¿No vas para impedir la boda, verdad?

–No, pero reconozco que se me ha pasado por la cabeza.

–Está bien, si de verdad crees que puedo ser de ayuda, iré aunque tan solo sea para asegurarme de que no le estropeas a tu padre su gran día –dijo Lily, y se sentó al borde de la cama–. Tendré que pedir días libres.

–¿Algún problema? Puedo hacer algunas llamadas.

–¡Ni hablar! Puedo arreglármelas yo sola. Me deben días de vacaciones y de todas formas en un par de semanas se me acaba la beca. ¿Adónde vamos exactamente?

–Mi padre posee una isla en la Costa Norte de Creta. Te gustará. La parte oeste de la isla tiene restos minoicos y hay un castillo veneciano en un alto. Las playas son de las mejores de Grecia.

—¿La isla es suya? ¿Los turistas no pueden visitarla?

—Así es, pertenece a mi familia.

—¿Cuántos invitados habrá?

—¿Qué importa?

—Era tan solo curiosidad. Por cierto, necesito ir de compras.

—Teniendo en cuenta que vas a hacerme un favor, insisto en que dejes que me encargue de eso.

—No, dejando a un lado lo de anoche, que fue surrealista, me gusta comprarme la ropa. Pero te lo agradezco.

—¿Lo de anoche no te pareció real?

Se quedó mirándola fijamente y Lily sintió que se ruborizaba al recordar lo que había pasado entre ellos.

—Fue un momento de ensueño de los que sabes que no volverán a pasar —dijo dándose cuenta demasiado tarde de que debería haber permanecido callada—. No te preocupes, me compraré algo o lo pediré prestado. No te pondré en ridículo.

—No tengo ninguna duda. Lo que me preocupa es tu presupuesto.

—Soy muy creativa, no hay problema —dijo y recordó que llevaba su camisa—. Te devolveré esto.

Una sonrisa asomó a los labios de Nik.

—Te queda mejor a ti. Quédatela.

Sus miradas se encontraron y, de repente, le resultaba difícil respirar. Se palpaba en el ambiente la tensión sexual. Su mirada se nubló hasta que su mundo se redujo a él. Deseaba tocarlo, sentir la fuerza de sus músculos, quitarle la ropa y pedirle que le hiciera todo lo que le había hecho la noche anterior. Temblorosa, pensó que solo ella se sentía así, pero al ver el brillo de sus ojos supo que no. Estaba tan excitado como ella, pensando las mismas cosas.

–Nik...

–Hasta el sábado. Te recogeré a las ocho de la mañana.

Se quedó mirándolo mientras se marchaba, preguntándose cuáles serían las reglas cuando una noche no había sido suficiente.

Capítulo 6

NIK apretó el acelerador y llevó el Ferrari al límite por la carretera solitaria que llevaba al extremo noroeste de Creta. Pasaba la mayor parte del tiempo en las oficinas que ZervaCo tenía en San Francisco y cuando viajaba a Creta se quedaba en su casa de la playa y no en la isla que había sido su hogar en su infancia. Por razones que no quería recordar, llevaba años evitando aquel lugar y, cuanto más cerca estaban de su destino, peor humor se le ponía.

Lily, por el contrario, estaba visiblemente excitada. La había encontrado esperando en la calle, con la maleta a los pies, y no había parado de hacerle preguntas. En aquel momento, canturreaba una canción en griego y la miró desesperado.

–¿Siempre estás tan animada?

–¿Acaso quieres que esté triste? También tengo mis momentos bajos como todo el mundo.

–Cuéntame el último que has tenido.

–No porque, si me pongo a llorar, me dejarás en mitad de la carretera y los buitres acabarán conmigo –dijo y sonrió–. Ahora es cuando me dices que no me vas a dejar en mitad de la carretera y que no hay buitres en Creta.

–Los hay. Creta tiene una fauna muy variada, pero no es mi intención dejarte en mitad de la carretera.

–Quiero creer que esa decisión se debe a tu naturaleza bondadosa y a tu amor por el prójimo, aunque estoy segura de que es porque no quieres ir a la boda.

–Tienes razón. Casi siempre actúo por interés personal.

–No te entiendo. A mí me encantan las bodas.

–¿Aunque no conozcas a los que se casan?

–Creo en el matrimonio. Pienso que es muy bonito que tu padre quiera casarse otra vez.

–No, no lo es. Es una temeridad. Además, demuestra su falta de capacidad para aprender de sus errores –replicó Nik y apretó el acelerador al tomar un tramo recto de la carretera.

–Yo no lo veo así. Creo que demuestra optimismo y eso me gusta.

–Lily, ¿cómo vas a sobrevivir en este mundo sin que alguien sin escrúpulos se aproveche de ti?

–Me han hecho daño muchas veces.

–No me sorprende.

–Es parte de la vida, pero no voy a permitir que altere mi confianza en el ser humano. Soy optimista. Además, ¿qué cambiaría? Sería como decir que el amor no existe y eso sería muy deprimente.

A Nik, que estaba convencido de que el amor no existía, no le resultaba deprimente.

–Es evidente que eres la invitada perfecta, siempre con la sonrisa en los labios.

–Tu ironía es deprimente.

–Tu optimismo preocupante.

–Prefiero considerarlo estimulante. No quiero ser una de esas personas que piensan que un pasado difícil implica un futuro complicado.

–¿Tuviste un pasado difícil?

Recordó que había mencionado que había crecido en hogares de acogida y confió en que no le contara toda la historia en aquel momento.

Pero no lo hizo. En su lugar, Lily se encogió de hombros y mantuvo la vista al frente.

–Nadie me consideró ideal, pero fue tan solo mala suerte. No conocí a la familia adecuada. Eso no significa que no crea que hay familias estupendas.

–Lo que te ha pasado, ¿no hace que te cuestiones tus sentimientos? El último hombre con el que has estado te mintió a ti y a su esposa. ¿No te dan miedo las relaciones?

–Eso es lo que me pasó con un hombre. Sé lo suficiente sobre estadística para saber que no puedes sacar una conclusión fiable de una sola muestra –dijo frunciendo el ceño–. Si te soy sincera, espero ampliar mi experiencia puesto que él era la tercera relación que he tenido. No creo que se pueda juzgar al sexo contrario por el comportamiento de unos pocos.

Nik, que precisamente había hecho eso, permaneció en silencio.

–Pongámoslo de esta manera: si me atacara un tiburón, ¿dejaría de nadar en el mar? Podría, pero me privaría de una de mis actividades favoritas, así que preferiría seguir nadando y estaría más alerta. En la vida, no todo consiste en elegir la opción más segura. Hay que disfrutar de la vida, sopesando los riesgos. Yo lo considero ser receptivo.

–Yo, ser ridículamente ingenuo.

–Estás enfadado porque no te gusta esto, pero no tienes por qué pagarlo conmigo.

–Tienes razón, disculpa.

–Disculpa aceptada. Pero, por el bien de tu padre, tienes que cuidar tu lenguaje corporal. No juzgues tanto y acepta lo que está pasando.

Nik tomó un desvío a la derecha que llevaba hasta la playa, en donde esperaba una lancha privada.

–Me cuesta aceptar algo que sé que es un error. Es como ver a alguien dirigiéndose a toda velocidad contra un muro de ladrillo y no hacer nada para detenerlo.

–No sabes si es un error –dijo ella tranquilamente–. Y aunque lo fuera, es un hombre adulto y hay que respetar sus propias decisiones. Ahora, sonríe.

Paró el motor y se giró para mirarla.

–No seré tan hipócrita como para fingir que estoy contento, pero te prometo que no estropearé nada.

–Si no sonríes, lo estropearás todo. Cuando te mire a la cara, la pobre Diandra puede decidir no casarse y, entonces, a tu padre se le romperá el corazón. No puedo creer que vaya a decir esto, pero sé hipócrita si eso es lo que hace falta para que sonrías.

–La pobre Diandra no será pobre por mucho más tiempo, así que no creo que deje que nada se interponga en su boda, especialmente mi presencia intimidatoria.

–¿De eso se trata? –dijo Lily abriendo los ojos como platos–. ¿Crees que va detrás de su dinero?

–No tengo ni idea, pero sería tonto si no lo considerara –respondió Nik, sincerándose–. Es multimillonario y ella es su cocinera.

–¿Qué tiene que ver cuál sea su ocupación? El amor tiene que ver con las personas, no con las profesiones. Me parece muy ofensivo que pienses así. No puedes juzgar a una persona por su sueldo. Conozco a mucha gente rica que es insoportable. De hecho, si nos fijamos en los estereotipos, para amasar una gran riqueza, tienes que estar dispuesto a ser despiadado.

–¿Me estás llamando insoportable? –preguntó Nik, sin alterar su expresión.

–Lo que quiero decir es que los ingresos de una persona no son un indicador de su valía.

–¿Lo dices porque no sabes su nivel de gastos?

–¡No! ¿Por qué para ti todo gira en torno al dinero? Me refiero a su valía emocional. Tu padre me habló de Diandra. El invierno pasado, después de que Callie se fuera, pilló una gripe. Estaba tan enfermo, que no podía ni levantarse de la cama. Diandra lo estuvo cuidando todo el tiempo. Fue ella la que llamó al médico y le estuvo preparando la comida. Fue muy atenta, ¿no te parece?

—Más bien oportunista.

—Si sigues pensando así, morirás solo. Me encanta que a tu padre no le importe a qué se dedica.

—Pues debería importarle. Esa mujer va a sacar una buena tajada de esta boda.

—Eso es horrible.

—Claro que es horrible. Por fin algo en lo que estamos de acuerdo.

—¡No estoy de acuerdo contigo! Es tu actitud la que me parece horrible, no la boda. No todo tiene un precio, Nik. Hay cosas más importantes en la vida que el dinero. Tu padre intenta formar una familia y eso es admirable —dijo y se desabrochó el cinturón—. Voy a salir de este coche antes de que me contamines.

—Si mi padre fuera precavido con sus relaciones, entonces no me preocuparía tanto. Pero comete el mismo error que tú: confunde el sexo con el amor.

—Yo no me confundo. ¿Me he hecho ilusiones después de la noche que hemos pasado juntos? ¿Me he enamorado de ti? No. Sé exactamente lo que era y lo que hicimos. Te tengo en un pequeño compartimento de mi cabeza llamado *Experiencias únicas en la vida* junto a saltar en paracaídas y volar en helicóptero por Nueva York. Fue increíble, por cierto.

—¿Volar en helicóptero fue increíble?

—No, todavía no lo he hecho. Me refería a la noche contigo, aunque hubo momentos que me sentí tan nerviosa como saltando en paracaídas —dijo y esbozó una sonrisa tímida—. Claro que es un poco embarazoso verte a la luz del día después de todo lo que estuvimos haciendo a oscuras, pero estoy intentando no pensar en ello. Deja de ser tan insoportable. De hecho, deja de hablar.

Nik se contuvo y no le dijo que solo ella había estado a oscuras. Él había tenido una visión perfecta y la había usado en su propio beneficio. No había ni un solo rincón de su cuerpo que no hubiera explorado y el recuerdo de cada una de sus deliciosas curvas estaba impreso en su mente.

Trató de determinar qué era lo que había en ella que le resultaba tan atrayente. La inocencia era una cualidad que solía admirar en las personas, así que supuso que la atracción provenía de la novedad de estar con alguien que tenía una visión tan inmaculada del mundo.

–¿Te arrepientes de la noche que pasamos juntos?

–Me arrepentiría si me parara a pensar en ello, así que evito hacerlo. Disfruto del momento –dijo ella tomando su sombrero del asiento trasero–. Tú deberías hacer lo mismo en esta boda. No has venido a proteger ni a hacer cambiar a nadie. Estás aquí como invitado y tu única obligación es sonreír y mostrarte feliz. ¿Ya está? ¿Ya hemos llegado? Porque yo no veo aquí ninguna isla.

Nik desvió la mirada de su boca al embarcadero.

–A partir de aquí, vamos en barco.

Lily estaba en la proa, sintiendo el aire fresco y salino en la cara. El barco rebotaba sobre las olas, dirigiéndose hacia la isla que se adivinaba en la distancia.

Nik se había colocado tras el timón, con los ojos ocultos tras un par de gafas oscuras. A pesar de que no sonreía, se le veía más relajado.

–Esto es divertido. Creo que me gusta más que tu Ferrari.

Él esbozó una sonrisa y Lily sintió la fuerza de la

atracción. Aunque no compartía los mismos valores familiares que tan importantes eran para ella, eso no disminuía la atracción sexual.

Durante todo el viaje en coche, había estado muy pendiente de él. Cada vez que había cambiado de marcha, su mano había rozado su muslo desnudo. Había descubierto que estar con él resultaba una experiencia estimulante.

Había habido un momento al detenerse en el aparcamiento en que había pensado que iba a besarla. Había mirado sus labios de la misma manera que un felino a punto de saltar sobre su presa. Pero justo cuando había estado a punto de cerrar los ojos, él había salido del coche, haciendo que se cuestionara si se lo había imaginado todo.

Lo había seguido hasta el embarcadero, observando fascinada cómo llamaba la atención de un grupo de personas. Si necesitaba alguna prueba de la autoridad que transmitía, tan solo tenía que fijarse en el modo en que la gente lo miraba.

Por suerte, no poseía ninguna de las cualidades que buscaba en un hombre, ya que si no estaría en apuros.

Sus ojos se clavaron en la piel bronceada que se veía bajo el cuello abierto de su camisa. Dirigía el barco con la misma seguridad que demostraba en todo lo demás.

—Las playas son preciosas –dijo Lily, gritando para hacerse escuchar por encima del sonido del viento–. ¿La gente no puede bañarse aquí?

—Tú sí. Eres mi invitada.

Al llegar a la isla, disminuyó la velocidad del barco y lo aproximó al muelle. Dos hombres abordaron para ayudar y Nik saltó del barco y le tendió su mano.

—Necesito mi maleta.

—Luego llevarán el equipaje a la casa.

—Tengo un regalo para tu padre y solo tengo una maleta –murmuró–. Yo misma puedo llevarla.

–¿Has comprado un regalo?

–Por supuesto. Es una boda. No podía venir sin un detalle.

Saltó del barco y se sujetó a su mano más tiempo del necesario para no perder el equilibrio. Sintió una corriente cálida por sus dedos y tuvo que contener la tentación de estrecharse contra él.

–¿Cuántas habitaciones tiene tu padre? ¿Estás seguro de que hay sitio para que me quede?

–Habrá sitio, *theé mou*, no te preocupes. Además de la mansión principal, hay varias casas dispersas por la isla. Nos quedaremos en una de ellas.

Mientras avanzaban por un camino de arena, Lily percibió el olor a enebro y a tomillo.

–Una de las cosas que más me gustan de Creta es la miel de tomillo. Brittany y yo la tomamos para desayunar.

–Mi padre tiene abejas, así que le gustará oírlo.

El camino se bifurcaba en lo alto y Nik tomó la senda de la derecha, que llevaba a otra playa de arena dorada. Allí, enclavada ante una bahía y con el agua casi rozando sus muros, se levantaba una preciosa villa moderna.

–¿Esa es la casa de tu padre? –preguntó Lily deteniéndose.

El paisaje era idílico, pero aquel parecía más bien el escondite de unos recién casados que un lugar para acomodar a un gran número de invitados.

–No, es Villa Camomile. La casa principal está a quince minutos andando en esa dirección. Pensaba que podíamos deshacer las maletas y dar un paseo antes de encontrarnos con los invitados.

Lily sintió compasión al darse cuenta de lo tenso que estaba.

–Nik –dijo haciéndole girar el rostro hacia ella con

la mano–. Esto es una boda, no la guerra de Troya. Tu cometido es sonreír y disfrutar.

Al sentir su mirada clavada en la de ella, deseó no haberlo tocado. Su barba incipiente bajo los dedos, le hizo recordar al detalle la noche que habían compartido. Aturdida, hizo amago de retirar la mano, pero él la sujetó por la muñeca para que la dejara donde estaba.

–Eres una mujer muy peculiar.

–No voy a preguntar qué quieres decir con eso. Me lo tomaré como un cumplido.

–Por supuesto. Eres muy positiva en todo, ¿verdad?

–No siempre. Por cierto, ¿cómo sabes que tenemos que quedarnos en Villa Camomile? Quizá tu padre tenga decidido dejársela a otros invitados. ¿No deberías asegurarte?

–Villa Camomile es mía.

–Así que tienes cinco casas y no cuatro.

–Este sitio no cuenta.

–¿De verdad? Si esta casa fuera mía pasaría aquí todo mi tiempo libre.

La senda pasaba junto a unos olivos antes de atravesar un jardín de vivos colores. Unas buganvillas rosas y moradas crecían mezcladas, en contraste con el muro blanco y el intenso azul del cielo.

Nik abrió la puerta y Lily lo siguió al interior. Las paredes blancas y el suelo de piedra daban al interior un aspecto fresco y elegante.

–No me importaría vivir en un sitio como este –comentó Lily–. Me gusta Creta, pero nunca tengo la oportunidad de disfrutarla como turista. Siempre estoy trabajando.

Nunca en su vida había conocido aquel nivel de lujo. Brittany y ella siempre se estaban quejando de los mosquitos y de la falta de aire acondicionado en su apartamento.

–Eres la mujer más peculiar que he conocido nunca. Disfrutas con las cosas más pequeñas.

–Esto no es algo pequeño. Tú eres el peculiar –dijo tomando su maleta–. No sabes valorar lo que tienes.

–Eso no es cierto. Sé lo afortunado que soy.

–Creo que no lo sabes y por eso voy a pasar cada minuto de los próximos días recordándotelo –dijo mirando a su alrededor y luego a él expectante–. ¿Mi habitación?

Por un instante, pensó que iba a decirle que solo había un dormitorio, pero señaló hacia una puerta que daba al amplio salón.

–La suite de invitados está ahí. Ponte cómoda.

Así que no pretendía compartir habitación. Para Nik, había sido solo la aventura de una noche.

Convencida de que eso era lo mejor, siguió sus indicaciones y, al cruzar la puerta, se encontró con una luminosa habitación. En uno de los rincones había un esbelto y elegante jarrón en azules degradados.

–Es una pieza de Skylar –dijo Lily reconociéndola al instante.

–¿Conoces a la artista? –preguntó él con curiosidad.

–Skylar Tempest. Brittany y ella compartieron piso en la universidad. Son íntimas amigas. Reconocería su trabajo en cualquier parte. Su estilo, el uso de los colores y la composición es única, y conozco ese jarrón porque me habló de él. Ha incorporado algunos motivos minoicos en su obra, modernizándolos, claro –dijo, y se arrodilló para acariciar la pieza de cristal–. Esta es de su colección *Cielo mediterráneo*. Expuso en Nueva York, no solo escultura y cerámica, también joyería y un par de pinturas. Tiene un talento increíble.

–¿Fuiste a esa exposición?

–Por desgracia no. No me muevo en esos círculos ni pretendo llevarme ningún mérito por sus creaciones, pero le enseñé algunas formas y estilos. Claro que los minoicos empleaban arcilla. Fue idea de Sky reproducirlo en cristal. No puedo creer que sea tuyo. ¿Dónde lo encontraste?

–Vi unas piezas suyas en una pequeña joyería de Greenwich Village y compré un collar. Pedí que me enseñaran más cosas de ella y me hablaron de la exposición, así que me las arreglé para que me invitaran.

–Nunca me dijo que te conociera –comentó Lily.

–No nos conocimos. No me presenté. Fui a la inauguración y estuvo todo el tiempo rodeada de admiradores, así que compré unas cuantas piezas y me marché. De eso hace dos años.

–¿Así que no sabe que Nik Zervakis le compró un par de piezas?

–Alguien de mi equipo se encargó de la transacción.

–Se pondría muy contenta si supiera que tienes una pieza suya en tu casa. ¿Puedo contárselo?

–Si crees que le interesaría, sí.

–Por supuesto que le interesará –dijo Lily y sacó el teléfono del bolso e hizo una foto–. Tengo que reconocer que el jarrón queda perfecto aquí, en una habitación tan amplia y con tanta luz. ¿Sabes que va a exponer otra vez? –añadió guardando el teléfono de nuevo en el bolso–. Será en Londres, en diciembre. Una galería en Knightsbridge exhibirá su obra. Está muy emocionada. Su nueva colección se llama *Océano azul*. Brittany me ha enseñado algunas fotos.

–¿Irás?

–¿A una exposición en Knightsbridge? Claro. Pensaba tomar mi avión privado, pasar la noche en la suite real del Savoy y luego pedirle a mi chófer que me acercara a la exposición. Porque eso es exactamente lo que vas a hacer, ¿no?

–Todavía no he confirmado mis planes.

–Pero sí tienes avión privado.

–ZervaCo tiene un Gulfstream y un par de Learjet –dijo como si fuera lo más normal del mundo.

Lily asintió con la cabeza, tratando de no mostrarse intimidada. Para ella, la riqueza estaba en la familia y las personas, no en el dinero, pero aun así...

–En serio, Nik, ¿qué estoy haciendo aquí? Mi vida no incluye tomar un avión privado para atravesar Europa e ir a la exposición de una amiga. Ni siquiera sé dónde estaré en diciembre. Estoy buscando trabajo.

–Estés donde estés, te llevaré en mi avión. Y yo que tú, no me quedaría en la suite real.

–Porque ya tienes un apartamento por el que muchos millonarios matarían –dijo Lily y, al ver que no contestaba, puso los ojos en blanco–. Nik, hemos tenido una interesante conversación en la que has reconocido que piensas que a tu nueva madrastra solo le interesa el dinero de tu padre. Es evidente que el dinero es algo muy importante para ti, así que no creo que acepte tu ofrecimiento de llevarme en tu avión privado.

–Eso es diferente. Te estoy muy agradecido de que hayas accedido a venir aquí conmigo. Llevarte a la exposición de Skylar sería mi manera de darte las gracias.

–No necesito que me las des. Si te soy sincera, estoy aquí por la conversación que tuve con tu padre. Mi decisión no tuvo nada que ver contigo. Pasamos una noche juntos y eso es todo. Quiero decir que el sexo estuvo muy bien, pero que no me costó irme al día siguiente. No hay sentimientos de por medio. Soy fría como el acero.

–No había conocido a nadie que representara peor ese metal.

–Hasta hace una semana, habría estado de acuerdo contigo, pero he cambiado. En serio, disfruto estando

contigo. Eres muy atractivo y sorprendentemente divertido a pesar de tu manera de entender las relaciones,
pero te quiero tanto como a esa ducha supersónica. Y
no me debes nada por traerte aquí, de hecho, soy yo la
que está en deuda contigo –dijo mirando hacia la terraza–. Esto es lo más parecido a unas vacaciones que
he tenido en mucho tiempo. Voy a tumbarme al sol ahí
fuera como un lagarto.

–Todavía no has conocido a mi familia –comentó
con la mirada fija en ella–. Piénsalo. Si cambias de opinión y quieres ir a la exposición de Skylar en Londres,
dímelo. La invitación sigue en pie.

Vivía en un mundo diferente. ¿Qué se sentiría sin tener que pensar en un presupuesto, sin tener que elegir
entre comprar una cosa u otra?

A tan corta distancia, podía distinguir las motas do-
radas de sus ojos oscuros, la sombra de su barba y las
líneas casi perfectas de su estructura ósea. No podía mirar sus labios sin recordar cómo los había usado sobre
su cuerpo y deseó volver a sentirlos de nuevo. Quería
acariciarle el pelo y unir su boca a la suya. Esta vez
quería hacerlo sin la venda.

Consciente de que su mente estaba entrando en territorio prohibido, dio un paso atrás.

–¿Qué vamos a hacer ahora?

–Vamos a comer con mi padre y Diandra.

–Me parece una buena idea.

Por la expresión de su cara se adivinaba que no compartía su opinión.

–Necesito hacer unas llamadas. Ponte cómoda. Date
un baño en la piscina si te apetece. Si necesitas algo, dímelo. Estaré en el despacho, al otro lado del salón.

¿Qué más podía necesitar?

Lily miró a su alrededor. Era, de lejos, la casa más

lujosa y exclusiva en la que había estado. Lo único que iba a necesitar era volver a la realidad.

No había estado allí desde aquel verano de cinco años atrás. Había intentado olvidar el pasado, pero el recuerdo de su última visita aún estaba fresco.

Nik salió a la terraza, confiando en que el paisaje le ayudara a rebajar su tensión, pero estar allí le devolvía a su niñez, algo que quería evitar.

Maldijo entre dientes y se fue al despacho y encendió el ordenador. Durante la siguiente hora, hizo un sinnúmero de llamadas y, cuando no pudo posponer el momento por más tiempo, se dio una rápida ducha y se cambió para comer.

Se guardó el teléfono en el bolsillo y se fue a buscar a Lily. La encontró sentada en la terraza, a la sombra, con una limonada en la mano y un libro en el regazo, contemplando la bahía.

No se había dado cuenta de su llegada, y se quedó allí un momento, observándola. La noche que había pasado con ella no había sido suficiente. Deseaba despojarla de aquel bonito vestido azul que llevaba y llevársela directamente a la cama. Pero sabía que, a pesar de lo que dijera, no era una mujer capaz de dejar sus sentimientos fuera del dormitorio, así que sonrió y salió a la terraza.

–¿Estás lista?

–Sí.

Se puso unas bailarinas plateadas y dejó el libro en la mesa.

–¿Hay algo que deba saber? ¿Quiénes estarán?

–Mi padre y Diandra. Querían que fuera una comida familiar.

–En otras palabras, tu padre no quiere que vuestro

primer reencuentro en mucho tiempo sea en público –dijo y apuró la bebida–. No te preocupes por mí mientras estemos aquí. Seguro que encontraré una cara amable con la que charlar.

Nik se quedó contemplando la curva de sus mejillas y el hoyuelo en la comisura de sus labios, y decidió que era ella la que tenía una cara amable. Si tuviera que elegir una sola palabra para describirla, sería extrovertida. Era cálida, simpática y estaba seguro de que más de un invitado querría charlar con ella.

Se ofreció a llevarla en coche para evitar el calor, pero prefirió caminar y, de camino a la casa principal, lo frió a preguntas. Que si su padre seguía trabajando, que a qué se dedicaba, que si tenía más familia aparte de él...

La sospecha de que se sentía más cómoda que él en aquella situación, la confirmó nada más llegar a casa de su padre. Al ver la mesa junto a la piscina dispuesta para cuatro, sintió que Lily lo tomaba de la mano.

–Recuerda que quiere que conozcas a Diandra. Sé amable –le dijo suavemente, entrelazando los dedos con los suyos.

Antes de que pudiera contestar, su padre apareció en la terraza.

–Niklaus...

Su voz se quebró y Nik vio unas lágrimas asomar en los ojos de su padre.

–Dale un abrazo –susurró Lily apartando la mano.

Lo hacía parecer sencillo y Nik se preguntó si haber llevado a alguien tan idealista como Lily a una reunión tan complicada había sido buena idea, pero era evidente que ella y su padre pensaban igual porque se acercó a ellos con los brazos abiertos.

–Ha pasado mucho tiempo desde la última vez que viniste a casa. Demasiado, pero olvidemos el pasado.

Todo está perdonado. Tengo noticias que darte, Niklaus.

Los secretos del pasado que su padre desconocía impidieron a Nik moverse del sitio. Entonces, sintió la mano de Lily en la espalda, empujándolo, y dio un paso al frente. Su padre lo estrechó con tanta fuerza que sintió que se quedaba sin aire en los pulmones.

Sintió una presión en el pecho que no tenía nada que ver con el abrazo de su padre. Empezaba a sentir que las emociones lo superaban, cuando Lily dio un paso al frente rompiendo la tensión del momento con su cálida sonrisa.

–Soy Lily Rose –dijo tendiendo la mano–. Hablamos por teléfono. Tiene una casa muy bonita, señor Zervakis. Es muy amable por su parte invitarme en un día tan especial.

A continuación, intentó pronunciar unas palabras en griego, un gesto que agradaría a su padre y que le garantizaría su eterna admiración.

Nik vio cómo su padre se derretía y le besaba la mano.

–Eres bienvenida en mi casa, Lily. Me alegro de que hayas podido acompañarnos en la que será la semana más especial de mi vida. Esta es Diandra.

Por primera vez, Nik reparó en la mujer que lo acompañaba. Había asumido que era miembro del personal de su padre, pero dio un paso al frente y se presentó.

Nik reparó en que Diandra fijaba su atención en Lily. Era evidente que tenía un radar para detectar simpatía y Nik se preguntó qué noticias tendría su padre que darle.

–Le he traído un pequeño regalo. Lo he hecho yo.

Lily revolvió en su bolso y sacó un paquete.

Era un plato de cerámica, similar al que había visto en su apartamento, decorado con los mismos detalles azules y verdes.

Nik reconoció que tenía talento y, al parecer, su padre también.

–¿Has hecho esto? ¿Te dedicas a ello?

–No, soy arqueóloga. Pero hice mi tesis sobre la cerámica minoica y es algo que me gusta mucho.

–Háblame de ti. Lily Rose es un nombre muy bonito. A tu madre le gustan mucho las flores, ¿verdad?

–No lo sé. No conocí a mi madre –contestó Lily mirando a Nik–. Es demasiado largo para contarlo nada más conocernos. Hablemos de otra cosa.

Pero Kostas Zervakis no se daba por vencido fácilmente.

–¿No conociste a tu madre? ¿Murió cuando eras pequeña?

Movido por aquella demostración de insensibilidad, Nik miró furioso a su padre y estaba a punto de intervenir cuando Lily contestó:

–No sé qué le pasó. Me dejó en una cesta en Kew Gardens en Londres a las pocas horas de nacer.

Nik no esperaba oír eso y, a pesar de que nunca preguntaba por su pasado a una mujer, deseó saber más.

–¿En una cesta?

–Sí. Alguien me encontró y me llevó al hospital. Me pusieron de nombre Lily Rose porque estaba junto a unas flores. Nunca dieron con mi madre. Pensaron que sería una adolescente asustada.

Ahora entendía por qué le había preguntado tanto por su familia. Soñaba con finales felices tanto para ella como para los demás. Sintió que algo se contraía en su interior, una emoción completamente nueva para él. Creía que era inmune a las historias tristes, pero aquella historia lo había conmovido.

Incómodo, apartó los ojos de sus labios y se dijo que, por mucho que la deseara, no volvería a tocarla. No sería justo, cuando sus expectativas en la vida eran tan diferentes. Él prefería las relaciones sin ataduras. Tenía serias dudas de que ella pudiera hacer lo mismo y no quería hacerle daño.

Su padre, como era previsible, se quedó conmovido por aquella revelación.

–¿Quién te crio, *koukla mou*?

–Crecí en hogares de acogida –dijo y miró la comida–. Creo que deberíamos hablar de otra cosa, sobre todo teniendo en cuenta que estamos aquí para celebrar una boda.

Nik estaba a punto de cambiar de tema, cuando su padre alargó la mano para tomar la de Lily.

–Algún día tendrás tu propia familia.

–No creo que Lily quiera hablar de eso –intervino Nik, consciente de que se había puesto triste.

–No importa –dijo Lily y miró a Kostas–. Eso espero. Creo que la familia te hace echar el ancla y es una sensación que no he tenido nunca.

–Las anclas sujetan los barcos –intervino Nik–, lo cual puede ser un impedimento.

Sus miradas se encontraron y supo que Lily se estaba preguntando si había hecho aquel comentario de manera casual o como advertencia.

Él mismo no estaba seguro. Quería recordarle que aquello era algo temporal. Se daba cuenta de que su vida había sido dura y no quería ser el que acabara con su optimismo y le borrara la sonrisa de la cara.

–Ignóralo –dijo su padre–. En lo que a relaciones se refiere, mi hijo se comporta como un niño en una tienda de caramelos. Se atiborra sin seleccionar. Disfruta del éxito en todo, excepto en su vida privada.

–Soy muy selectivo –afirmó Nik tomando su copa de vino–. Teniendo en cuenta que mi vida privada es tal y como quiero que sea, considero que es un éxito.

–El dinero no proporciona tanta felicidad a un hombre como una esposa y unos hijos, ¿no te parece, Lily?

–Para alguien que tiene que devolver un préstamo estudiantil, no le restaría importancia al dinero –contestó Lily–, pero estoy de acuerdo en que la familia es lo más importante.

Nik se contuvo para no preguntarle a su padre cuál de sus esposas le había aportado algo que no hubiera sido una úlcera en el estómago y unas facturas astronómicas. Su pasado amoroso podía considerarse un desastre.

–Algún día tendrás una familia, Lily.

Kostas Zervakis la miró emocionado y aquel cruce de miradas provocó en Nik una mezcla de incredulidad y desesperación. Hacía menos de cinco minutos que su padre conocía a Lily y ya parecía a punto de incluirla en su testamento. Con razón era el blanco de toda mujer que tuviera una historia triste. Callie se había dado cuenta de su vulnerabilidad y había clavado sus garras en él. Sin duda, Diandra se estaba aprovechando también de aquel punto débil de su padre.

De repente, un recuerdo saltó a la mente de Nik. Su padre, sentado a solas en el dormitorio entre la ropa revuelta y esparcida de su madre, la viva imagen de la desesperación, mientras ella se marchaba sin mirar atrás.

Nunca se había sentido tan impotente como aquel día. A pesar de que era un niño, sabía que estaba presenciando un gran dolor.

La segunda vez que había pasado, siendo ya un adolescente, recordó haberse preguntado por qué su padre se había arriesgado a pasar por aquella agonía de nuevo.

Y luego había llegado Callie... Desde el primer momento se había dado cuenta de que aquella relación estaba condenada y más tarde se había sentido culpable por no haber intentado evitar que su padre cometiera aquella terrible equivocación.

Lily tenía razón en que su padre era una persona adulta, capaz de tomar sus propias decisiones. Así que, ¿por qué seguía teniendo aquella necesidad de protegerlo?

Con las emociones a flor de piel, levantó la mirada hacia su futura madrastra, preguntándose si era una simple coincidencia que se hubiera sentado lo más apartada posible de él. O bien era tímida o tenía conciencia de culpabilidad. Se había prometido que no interferiría, pero estaba reconsiderando esa decisión.

Nik permaneció en silencio, observando más que participando, mientras el servicio les servía la comida y les llenaban las copas. Su padre mantenía una agradable conversación con Lily, animándola a que hablara de su vida y de su pasión por la arqueología y por Grecia.

Obligado a escuchar la vida de Lily, Nik se enteró de que había tenido tres novios, que había aceptado trabajos mal remunerados para pagarse la universidad, que era alérgica a los gatos y que no había vivido más de doce meses en el mismo sitio. Cuanto más sabía de su vida, más descubría lo dura que había sido. Se estaba enterando de más cosas de las que quería saber, así que, cansado, se giró hacia su padre.

–¿Qué noticias tienes que darme?

–Pronto lo sabrás. Antes, déjame que te diga que estoy disfrutando de la compañía de mi hijo. Ha pasado mucho tiempo. Incluso he tenido que recurrir a Internet para saber de ti.

Feliz por haber conseguido interrumpir la atención en Lily, Nik se relajó y comentó los desarrollos tecnológicos que estaba haciendo su compañía y mencionó el acuerdo que estaba a punto de cerrar, pero su intervención resultó breve.

Kostas sirvió unas aceitunas en el plato de Lily.

–Tienes que convencer a Nik para que te lleve al otro extremo de la isla a ver las ruinas minoicas. Tendréis que ir a primera hora antes de que haga mucho calor. En esta época del año, todo está muy seco. Si te gustan las flores, te encantará Creta en primavera. Tienes que volver a visitarnos.

–Me encantaría –dijo Lily–. Estas aceitunas están deliciosas.

–Son de nuestra cosecha y la limonada que encontrasteis en la nevera es de nuestros limoneros. La preparó Diandra. Se le da muy bien la cocina. Esperad a aprobar su cordero –comentó Kostas y se inclinó hacia delante para tomar la mano de Diandra–. Cuando lo probé, me enamoré de ella.

Sin apetito, Nik se quedó mirándola fijamente.

–Háblanos de ti, Diandra. ¿De dónde eres?

Sus ojos se cruzaron con los ojos de Lily y la ignoró, mientras escuchaba la respuesta de Diandra. Al parecer, tenía seis hermanos y nunca había estado casada.

–Por suerte para mí, nunca conoció al hombre adecuado –intervino su padre.

Nik abrió la boca para decir algo, pero Lily se le adelantó.

–Tiene mucha suerte de haber nacido en Grecia –dijo rápidamente–. He viajado bastante por las islas y vivir aquí me parece maravilloso. He pasado tres veranos en Creta y uno en Corfu. ¿Qué más me recomienda que visite?

Diandra la miró agradecida y le hizo unas cuantas sugerencias, pero Nik seguía en sus trece.

–¿Para quién trabajaste antes que para mi padre?

–Ignórale. Todas sus conversaciones parecen entrevistas de trabajo. La primera vez que lo conocí, quise entregarle mi currículum. Por cierto, este cordero está delicioso. Es mejor incluso que el que Nik y yo tomamos la semana pasada en uno de los mejores restaurantes.

Lily continuó describiendo lo que habían comido y Diandra hizo algunos comentarios sobre la mejor manera de preparar el cordero. Privado de la oportunidad de seguir haciéndole preguntas a su futura madrastra, Nik volvió a preguntarse una vez más cuáles serían las noticias que su padre tenía pensado anunciar. De repente, se oyó el llanto de un bebé.

Diandra se puso de pie y miró a Kostas antes de abandonar la mesa.

–¿Quién es? –preguntó Nik entrecerrando los ojos.

–De eso era de lo que te quería hablar.

Su padre giró la cabeza y vio cómo Diandra volvía a la mesa con una niña rubia, de expresión somnolienta, recién despierta de la siesta.

–Callie me ha dado la custodia de Chloe como regalo de boda. Niklaus, te presentó a tu medio hermana.

Capítulo 7

LILY estaba sentada a la sombra en la tumbona, escuchando el chapoteo rítmico de la piscina. Nik llevaba nadando la última media hora, haciendo largos sin parar.

¿Qué se le había pasado por la cabeza para acceder a acompañarlo a aquella boda?

Había sido como aparecer en mitad de una mala telenovela. Diandra se había sentido tan intimidada por Nik que apenas había abierto la boca y él se lo había tomado como que no tenía nada interesante que contar. La comida había sido tensa y, en el momento en que su padre había aparecido con la pequeña medio hermana de Nik, la situación había pasado de civilizada a fría e intimidatoria. Se había esforzado tanto por llenar su gélido silencio, que solo le había faltado ponerse a hacer piruetas en mitad de la terraza.

Era demasiado mayor como para que le afectara compartir el cariño de su padre y demasiado rico como para que le preocupara el impacto en su herencia. La pequeña era adorable y Diandra y su padre estaban encantados con el nuevo miembro de la familia, por lo que Lily no entendía cuál era el problema. Durante el paseo de regreso de la comida, había intentado sacar el tema, pero Nik la había cortado y se había marchado directamente a su despacho en donde se había puesto a trabajar sin interrupción.

Para aliviar su dolor de cabeza, Lily había bebido mucha agua y luego se había puesto a leer un libro, pero no había podido concentrarse en las palabras. Sabía que no era asunto suyo, pero no podía quedarse callada, y cuando vio que Nik salía de la piscina, se levantó de la tumbona y le bloqueó el paso.

—Has sido muy descortés con Diandra durante la comida y, si quieres acortar el distanciamiento con tu padre, esa no es la manera. No es una cazafortunas.

—¿Y conociéndola de un rato ya lo sabes? —preguntó con rostro impasible.

—Tengo buen ojo.

—Lo dice una mujer que no sabía que su anterior novio estaba casado.

—Me equivoqué con él —replicó sonrojándose—, pero no me equivoco con Diandra y tienes que dejar de mirarla con tanto odio.

—No es cierto, *theé mou*. Es ella la que se ha comportado como una mujer que tuviera conciencia de culpabilidad.

—¡Se ha comportado como una mujer aterrorizada por ti! ¿Cómo puedes estar tan ciego?

De repente se dio cuenta de que la ciega era ella. No estaba siendo intolerante ni se estaba comportando así por perjuicios; estaba preocupado por su padre. Su único deseo era protegerlo. A su manera, estaba demostrando la lealtad que ella valoraba tanto.

—Creo que tu perspectiva está algo afectada por lo que le ha pasado a tu padre en relaciones anteriores. ¿Quieres que hablemos de ello?

—A diferencia de ti, no necesito decir en voz alta todo pensamiento que pasa por mi cabeza.

—Eso es muy cruel teniendo en cuenta que estoy intentando ayudar, pero voy a perdonarte porque me doy cuenta de que estás molesto. Creo que sé por qué.

—No me perdones. Si estás enfadada, dilo.

–Me has dicho que no diga en voz alta todos los pensamientos que se me pasan por la cabeza.

Nik se secó la cara con la toalla y le dirigió una mirada gélida.

–No necesito ayuda.

–La situación resulta complicada por muchos aspectos, empezando porque Diandra acaba de enterarse a pocos días de su boda de que va a tener que encargarse de criar a la hija de otra mujer. Pero se la ve encantada y a tu padre también. Son felices, Nik.

–Pero ¿durante cuánto tiempo? ¿Cuánto tiempo pasará hasta que vuelvan a romperle el corazón? ¿Y si esta vez no se recupera?

Las palabras de Nik confirmaron sus sospechas y Lily sintió lástima.

–Esto no tiene que ver con Diandra, sino contigo. Quieres mucho a tu padre y estás intentando protegerlo.

Lily pensó que resultaba irónico que Nik Zervakis, supuestamente frío y distante, tuviera unos valores familiares más fuertes que David Ashurst, que desde fuera parecía la pareja perfecta.

–Me gusta que te preocupes tanto por él, pero ¿se te ha ocurrido que quizá estés impidiendo que disfrute de lo mejor que le ha pasado en la vida?

–¿Por qué esta vez iba a ser diferente de las anteriores?

–Porque se quieren. Desde luego que incluir a una niña desde el principio de la relación será un reto, pero... –dijo y frunció el ceño, pensativa–. ¿Por qué Callie decidió hacerlo ahora? Un niño es una persona, no un regalo de boda. ¿Crees que pretende estropear la relación de tu padre con Diandra?

–Esa idea se me ha pasado por la cabeza, pero no, esa no es su intención. Callie va a casarse de nuevo y no quiere a la niña.

Lily se sintió como si le hubieran dado un puñetazo en el estómago. De repente, no podía respirar.

–¿Así que la deja como si fuera un vestido pasado de moda? No me sorprende que no te cayera bien. Parece una persona despreciable. Si estás seguro de que no quieres hablar, voy a descansar antes de la cena –dijo pasando a su lado–. Este calor me da sueño.

–Lily...

–¿La cena es a las ocho, verdad? Estaré lista para entonces.

Se fue a su habitación y cerró la puerta. ¿Qué le pasaba? Aquella no era su familia ni su vida. ¿Por qué tenía que tomárselo tan a pecho? ¿Por qué le preocupaba tanto la pequeña Chloe cuando ese no era asunto suyo?

La puerta se abrió tras ella y se sobresaltó, pero se mantuvo de espaldas.

–Estoy a punto de echarme a dormir.

–Te he molestado y no era mi intención. Has sido muy generosa al venir aquí conmigo y lo menos que puedo hacer es contestar tus preguntas en un tono civilizado. Lo siento.

–No estoy molesta por que no quieras hablar.

–Entonces, ¿qué te pasa? –preguntó él y, al ver que no respondía, maldijo entre dientes–. Cuéntamelo, Lily.

–No. No acabo de entender lo que siento y odias hablar de sentimientos. Además, seguro que interpretas mis emociones de manera equivocada, algo para lo que pareces tener un don especial. Todo lo tergiversas hasta convertirlo en algo feo y oscuro. Deberías irte ahora mismo. Necesito tranquilizarme.

Esperaba oír sus pasos y la puerta cerrarse, pero en vez de eso sintió sus manos tomándola de los hombros.

–No tergiverso las cosas.

–Sí, lo haces. Pero eso es problema tuyo.

–No quiero que te tranquilices, quiero que me cuentes lo que te pasa. Durante la comida, mi padre te ha hecho un montón de preguntas personales.

–Eso no me importa.

–Entonces, ¿qué? ¿Todo esto es por Chloe?

–Es triste cuando los adultos no tienen en cuenta lo que siente un niño. Es maravilloso que tenga un padre cariñoso, pero algún día esa niña querrá saber por qué su madre la dejó, si fue porque lloraba mucho o porque hizo algo malo. No sé si lo entiendes.

Se hizo un largo silencio y la fuerza de las manos de Nik aumentó.

–Lo entiendo –dijo él en voz baja–. Tenía nueve años cuando mi madre se fue y me hice esas preguntas y muchas más.

Lily se quedó inmóvil, asimilando aquella revelación.

–No lo sabía.

–No es algo de lo que suela hablar.

–¿Acaso conocer a Chloe te ha hecho remover el pasado?

–Todo este sitio hace que se remueva el pasado –comentó él–. Esperemos que Chloe no se haga las mismas preguntas cuando crezca.

–Yo era un bebé y todavía me las hago. Te agradezco que me escuches –continuó ella–, pero sé que no quieres hablar de esto, así que preferiría que te marcharas.

–Teniendo en cuenta que es culpa mía que estés tan triste por haberte traído aquí, no tengo intención de marcharme.

–Deberías hacerlo –afirmó ella con voz ronca–. Es por la situación, no por ti. Tu padre está muy contento, pero está a punto de casarse y una niña da mucho trabajo. ¿Qué pasa si decide que tampoco quiere a Chloe?

–No lo hará –dijo, obligándola a girarse para que lo

mirara–. La ha querido desde el primer día, pero Callie ha hecho todo lo posible por alejar a la niña de él. No tengo ni idea de lo que dirá mi padre cuando Chloe sea mayor y pregunte, pero es un hombre sensato y estoy seguro de que dirá lo correcto.

Nik acarició sus brazos desnudos, provocándole un escalofrío.

Lily reparó en las gotas de agua que le caían del pelo al pecho. Alzó la mano para acariciarlo, pero se contuvo.

–Lo siento... –dijo ella y se apartó.

Él murmuró algo en griego y tiró de ella para atraerla a su lado. Lily sintió que la mente se le nublaba junto al calor y la fuerza de su cuerpo, mientras la rodeaba con su brazo. Con su otra mano, Nik la hizo ladear la cabeza y la besó. Luego, solo sintió la desesperación de su boca y los eróticos movimientos de su lengua. Le gustó tanto como la primera vez y se olvidó de todo menos de sus latidos desbocados y del calor que se extendía desde su pelvis. Se sentía tan bien, que dejó de lado todas las razones por las que aquello no era una buena idea.

–Sí, sí –musitó Lily rodeándolo por el cuello.

La estrechó contra él aún más y, al tomarla por las nalgas, sintió la fuerza de su erección.

–Me había prometido no volver a hacerlo, pero te deseo –dijo él con voz ronca.

–Yo también te deseo y no sabes cuánto. Me he pasado la comida deseando arrancarte la ropa y quitarte esa expresión seria de la cara.

Nik separó las labios de los suyos. Su respiración era entrecortada y, por el brillo de sus ojos, Lily adivinó todo lo que necesitaba saber de sus sentimientos.

–¿Estoy serio ahora?

–No, estás increíble. Esta ha sido la semana más larga

de mi vida –dijo tirando de él hacia la cama–. No te lo pienses. Esto es solo sexo y nada más. No te quiero, pero me encantaron todas esas cosas que me hiciste la otra noche.

–¿Todas? –preguntó quitándole el vestido.

–Sí –respondió y jadeó al sentir sus labios en el cuello–. Por favor, quiero todo el repertorio, no te dejes nada.

–Eres tímida y todavía es de día. Además, no tengo vendas.

–No soy tímida.

Lily recorrió con las manos su pecho hasta llegar al borde de su bañador mojado. Le costó quitárselo por la imponente erección y, cuando lo consiguió, tomó su miembro en la mano.

Nik jadeó y la hizo tumbarse sobre la cama, cubriéndola con su cuerpo. Ella le arrancó la camisa con desesperación.

–Despacio, no hay ninguna prisa, *theé mou*.

–Sí, sí la hay. Vas a matarme –dijo deslizando las manos por los músculos de su espalda.

Era difícil determinar cuál de los dos estaba más excitado. Nik le desabrochó el sujetador con dedos temblorosos y se tomó su tiempo para dejar al descubierto sus pechos desnudos. Todo lo hacía lentamente, como para torturarla, y Lily se preguntó cómo podía mantener el control con tanta disciplina ya que, si por ella hubiera sido, ya habría acabado todo.

Sintió el aire fresco del ventilador sobre su piel caliente y dejó escapar un gemido cuando la atrajo hacia su boca. La sensación era dulce a la vez que salvaje, y se arqueó. Nik continuó bajando por su cuerpo, haciéndola estremecerse con el roce de sus labios y los movimientos de su lengua. Su boca se detuvo entre los pliegues de su entrepierna, saboreándola hasta llevarla al límite.

–Nik... Necesito... –balbuceó desesperada.

–Sé lo que necesitas.

Tras una breve pausa, se colocó sobre ella y la penetró. Con cada embestida, se fue hundiendo más hasta que Lily no supo dónde acababa ella y dónde empezaba él. De repente se detuvo, con los labios junto a los suyos y, con los ojos medio cerrados, se quedó mirándola. Sintió su peso sobre ella, la invasión masculina, la fuerza de sus músculos y la incipiente barba de su mentón al besarla y murmurar lo que iba a hacerle. Tenía el control sobre ella, pero no le importaba porque sabía cosas que ni ella conocía de sí misma. Lo único que quería era disfrutar de aquel placer. Nik empezó a moverse lentamente y poco a poco fue aumentando el ritmo de sus embestidas hasta que Lily solo fue consciente de él y explotó. Su cuerpo se aferró al de Nik y sus músculos se contrajeron alrededor de su miembro, provocándole un orgasmo.

Lo oyó jadear su nombre y sintió que le acariciaba el pelo y volvía a tomar su boca, besándose mientras compartían cada sacudida de la manera más íntima posible.

Permanecieron tumbados unos minutos y luego él la tomó en brazos y la llevó a la ducha. Bajo el chorro de agua caliente, Nik continuó transmitiéndole su infinita sabiduría sexual hasta que dejó de sentir el cuerpo.

–¿Nik? –preguntó Lily, tumbada de nuevo entre las sábanas, incapaz de mantener los ojos abiertos–. ¿Por eso no te gusta venir aquí, porque te recuerda a tu infancia?

Nik se quedó mirándola con sus ojos negros. Su expresión era inescrutable.

–Duérmete. Te despertaré a tiempo para la cena.

–¿Adónde vamos?

–Tengo trabajo que hacer.

En otras palabras, se había metido en territorio prohibido. En alguna parte de su cabeza había otra pregunta que quería hacerle, pero su mente estaba cayendo en una dulce inconsciencia y se hundió en un sueño reparador.

Nik regresó a la terraza y se sentó a la sombra a hacer unas llamadas, sin quitar ojo a las puertas abiertas del dormitorio de Lily.

¿Qué se le había pasado por la cabeza para hablarle de su madre? Era algo en lo que no solía pensar y mucho menos hablar de ello. Estando allí de nuevo, los recuerdos largamente olvidados volvían a perseguirle.

Para distraerse, estuvo trabajando hasta que el sol empezó a perder fuerza y oyó ruido en el dormitorio. Unos minutos más tarde, Lily apareció en la terraza, con ojos somnolientos y ligeramente desorientada.

–¿Has estado aquí fuera todo el tiempo?

–Sí.

–¿No estás cansado?

–No.

–Porque estás intranquilo por tu padre –dijo y se sirvió un vaso de agua antes de sentarse al lado de Nik–. Por si sirve de algo, te diré que me gusta Diandra.

Nik se quedó observando la curva de sus labios y la candidez de su mirada.

–¿Hay alguien que no te caiga bien?

–Sí –contestó y bebió agua antes de continuar–. No soporto al profesor Ashurst y también tengo que confesar que no me cayó bien tu amiga de la otra noche porque me llamó gorda. Hace unas horas, tampoco tú me caías bien, pero lo has resarcido en el dormitorio, así que estoy dispuesta a olvidar todas esas cosas ofensivas que me dijiste durante el viaje.

Un hoyuelo apareció en la comisura de su boca. Al instante, Nik sintió la respuesta de su cuerpo y se preguntó cómo iba a soportar una velada charlando con gente que no le interesaba. Solo ella le interesaba. De hecho, no había dejado de pensar en tener sexo con Lily desde que la encontrara una semana antes en su ducha, empapada. El sexo siempre había sido importante para él, pero, desde que la había conocido, se había convertido en una obsesión.

—Deberíamos arreglarnos para la fiesta. Los invitados llegarán pronto y mi padre quiere que lleguemos a tiempo para recibirlos.

—¿Los dos? Tú sí, yo no.

—Quiere que vengas tú también. Le has caído muy bien.

—Él a mí también, pero no creo que me corresponda recibir a sus invitados. No formo parte de la familia. Ni siquiera estamos juntos.

—Significaría mucho para él que estuvieras allí.

—Está bien, si es que estás seguro de que es lo que quiere.

El ruido de un helicóptero los interrumpió.

Nik se puso de pie a regañadientes.

—Tenemos que ponernos en marcha. Los invitados están llegando.

—¿En helicóptero? ¿Cuántos invitados habrá?

—Es una fiesta muy selectiva, no más de doscientos. Vendrán de todas partes de Europa y Estados Unidos.

—¿Doscientos? ¿Y eso es una fiesta selectiva? Soy una intrusa.

—No, eres mi invitada.

—Empiezo a temer que lo que he traído para ponerme no es lo suficientemente formal.

—Estás muy guapa con cualquier cosa, pero tengo algo que quiero que veas.

–Te dije que no quería nada. ¿Tenías miedo de que te avergonzara?

–No, por si acaso temías que lo que habías traído no fuera lo suficientemente formal.

–Debería enfadarme por considerarme predecible, pero como no tenemos tiempo de enfadarnos, voy a echarle un vistazo.

Al levantarse, Lily chocó contra él.

–Lily... –susurró, sujetándola entre sus brazos.

–No, Nik. Si volvemos a hacerlo, me quedaré dormida y no podré despertarme. Se supone que el príncipe tiene que despertar a la Bella Durmiente, no dejarla agotada de tanto sexo.

Nik le acarició la mejilla e hizo acopio de toda su fuerza de voluntad para no empujarla contra la pared.

–Podemos olvidarnos de la fiesta. Mejor aún, podemos tomar un par de botellas de champán y montarnos nuestra propia fiesta en la piscina.

–¡De ninguna manera! Tu padre y Diandra se molestarían y yo me perdería la oportunidad de ver gente famosa. Brittany me freirá a preguntas, así que necesito detalles. ¿Puedo hacer fotos?

–Por supuesto –contestó e hizo un gran esfuerzo por apartar su mano–. Será mejor que te pruebes el vestido.

El vestido era precioso. Se trataba de una larga capa de seda turquesa con delicados apliques cosidos a mano alrededor del cuello, que le sentaba a la perfección.

Tomó el teléfono, se hizo una foto y se la mandó a Brittany con un mensaje de texto que decía: *Me encanta el sexo por diversión.*

La gente se equivocaba cuando pensaba que el sexo por diversión no implicaba ningún sentimiento. Sí, el sexo podía ser espectacular, pero aunque no estuviera enamorada, eso no significaba que dos personas no pudieran estar pendientes la una de la otra. Ella quería ayudarlo a aceptar lo mejor posible aquella boda y él se había preocupado de no dejarla sola cuando se había puesto triste.

En el fondo, se preguntaba si quizá no fuera así como debía sentirse, pero no le dio más vueltas, tomó su bolso y se dirigió al salón.

—Debería estar asustada por lo bien que se te da adivinar mi talla.

Nik se dio la vuelta, muy guapo con su esmoquin. A pesar de su indiscutible elegancia y sofisticación, aquel atuendo formal no disimulaba el poder letal del hombre que lo portaba.

«Testosterona vestida de esmoquin», pensó mientras él le ofrecía algo que acababa de sacar de un bolsillo.

—¿Qué es esto?

Lily tomó el elegante estuche y lo abrió. Dentro, sobre terciopelo azul, había un collar de plata y zafiros, que enseguida reconoció.

—Es de Skylar. Lo había visto en fotos.

—Pues ahora puedes verlo al natural. Pensé que se vería más bonito en tu cuello que en un catálogo —dijo ayudándola a ponérselo.

—¿Cuándo lo has comprado?

—Pedí que me lo enviaran desde Londres después de que vieras su jarrón.

—Increíble, ¡qué extravagante!

—Entonces, ¿por qué estás sonriendo?

—Porque me gustan las cosas bonitas y Skylar hace cosas preciosas —dijo y volvió a sacar el teléfono del bolso—. Necesito capturar este momento para recordarlo cuando esté en un diminuto apartamento en Londres. Es un préstamo, evidentemente, porque no podría aceptar un regalo tan generoso —añadió y se hizo un par de fotos, antes de hacerle posar junto a ella–. ¿Puedo mandársela a Sky? Quiero que vea lo que llevo puesto.

–Es tu foto. Puedes hacer con ella lo que quieras.

–Skylar estará encantada. Esta noche voy a enseñarle este collar a todo el mundo. Pero, antes, dime cómo te sientes.

–¿Que cómo me siento? –repitió y la expresión de su rostro cambió.

–Es una fiesta para celebrar la inminente boda de tu padre, a la que no querías asistir. ¿Te resulta difícil estar aquí pensando en tu madre y viendo cómo se casa tu padre otra vez?

–Te agradezco la preocupación, pero estoy bien.

–Nik, sé que no estás bien, pero si prefieres que no hablemos de ello...

–Prefiero no hablar de ello.

–Entonces, vamos –dijo tomándolo de la mano y dirigiéndose a la puerta–. Supongo que todo el mundo estará pendiente de si estás contento, así que, por Diandra, sonríe.

–Gracias por el consejo.

–Supongo que es tu manera de decirme que me calle.

–Si quisiera que te callaras, usaría métodos más efectivos.

–Si quieres probar alguno de esos métodos...

–No me tientes.

Lily consideró volver dentro, pero había un coche esperándolos fuera de la casa.

–No me había dado cuenta de que había coches en la isla. Podíamos haber ido andando.

–No creo que puedas caminar tanto con esos zapatos, y menos aún bailar.

–¿Quién dice que voy a bailar?

–Yo.

Al llegar, Lily sintió un escalofrío de emoción al llegar ante la imponente entrada.

–Esto es una mansión, no una casa. La gente normal no vive así.

–¿Crees que soy una persona normal?

–Sé que no lo eres –dijo tomándolo del brazo mientras pasaban junto a una fuente–. La gente normal no tiene cinco casas y un avión privado.

–El avión es de la compañía.

–Y la compañía es tuya.

Fue difícil no sentirse sobrecogida al atravesar la puerta de la entrada palaciega de la casa de su padre. Los altos techos daban una sensación de amplitud y claridad.

–Cuéntame otra vez a qué se dedica tu padre.

Nik sonrió.

–Dirigía una empresa muy exitosa que vendió por un buen importe.

No pudo decir más porque Diandra apareció y Lily advirtió que se ponía nerviosa al ver a Nik.

Para romper el hielo, alabó el vestido y el peinado de la otra mujer y preguntó por Chloe.

–Está durmiendo. Mi sobrina la está cuidando mientras recibimos a los invitados. Luego iré a ver cómo está. Es una situación algo difícil. Quería posponer la boda, pero Kostas no quiere oír hablar de ello.

–Tienes razón, no quiero oír hablar de ello –dijo Kostas tomando de la mano a Diandra–. Nada va a impedir que me case contigo. Te preocupas demasiado. Enseguida se acostumbrará. De momento, tenemos un ejército de empleados que se ocupará de su bienestar.

–No necesita un ejército –murmuró Diandra–. Tan solo unas cuantas personas en las que confíe y que le aporten seguridad.

–Ya hablaremos de eso más tarde. Nuestros invitados están llegando. Lily, estás muy guapa. Te quedarás a nuestro lado para dar la bienvenida a todos.

—Pero yo...

—Insisto.

Ante la imposibilidad de escabullirse, se quedó allí dando la bienvenida a los invitados sintiéndose como si estuviera en una película.

—Esto es tan diferente a mi vida —le susurró a Nik.

Nik se limitaba a sonreír y a intercambiar unas cuantas palabras con cada invitado. Lily se dio cuenta enseguida de que todo el mundo en aquel grupo de personas influyentes quería charlar con él, especialmente las mujeres.

Aunque limitada, tuvo una percepción de lo que debía de ser su vida, rodeado de personas cuyos motivos para estar a su lado eran oscuros e interesados. Empezaba a entender sus recelos y su insolencia.

A la luz de las velas, se respiraba un intenso aroma a perfumes caros y flores frescas. La cena, un homenaje a la cocina griega, fue servida en la terraza para que los invitados pudieran disfrutar de la magnífica puesta de sol sobre el Egeo.

Para cuando Nik la sacó a la pista de baile, Lily se sentía mareada.

—He charlado con algunas personas mientras estabas conversando con esos hombres trajeados. No he mencionado el hecho de que soy una arqueóloga sin un céntimo.

—¿Lo estás pasando bien?

—¿Tú qué crees?

—Creo que estás impresionante con ese vestido —respondió, acercándose a ella—. Y también creo que se te da mejor que a mí charlar con la gente.

—¿Sabías que ese hombre tan guapo que está ahí, junto a su encantadora esposa, es dueño de lujosos hoteles repartidos por todo el mundo? Es siciliano.

Nik giró la cabeza.

–¿Cristiano Ferrara? ¿Te parece guapo?

–Sí, y Laurel, su mujer, adorable. Me ha parecido una mujer muy sencilla. Le ha gustado mi collar y su marido me ha pedido detalles. Va a darle una sorpresa por su cumpleaños.

–Si Skylar vende una pieza de joyería a los Ferrara, triunfará. Se mueven en ambientes muy selectos.

–Laurel quiere una invitación para la exposición de Londres. Espero que no te importe que haya hecho publicidad del trabajo de Skylar entre esta gente tan rica.

–Puedes ser todo lo atrevida que quieras –dijo atrayéndola hacia él de un modo posesivo–. De hecho, estoy deseando aprovecharme de ese comportamiento tan atrevido.

–¿Puedo decirte una cosa?

–Depende. ¿Vas a hacerme una confesión que hará que salga corriendo de aquí?

–No puedes salir corriendo porque tu padre está a punto de pronunciar unas palabras y... Vaya, Diandra parece agobiada.

Lily tiró de su mano y cruzaron la pista de baile en dirección a Diandra, que parecía estar discutiendo con Kostas.

–Espera cinco minutos –estaba diciendo Kostas–. No puedes dejar a nuestros invitados.

–Pero me necesita –afirmó Diandra con rotundidad.

–¿Es por Chloe? –intervino Lily.

–Se ha despertado. No me gusta la idea de que esté con alguien que apenas conoce. Bastante duro está siendo para ella que su madre la haya dejado.

–Nik y yo iremos a verla.

Sin soltar la mano de Nik, Lily se dirigió escaleras arriba.

–Supongo que encontraremos su habitación.

–No creo que debamos...

–Deja las excusas, Zervakis. Tu hermana pequeña te necesita.

–No me conoce. No creo que mi repentina aparición en su vida sea de ayuda.

–A los niños les tranquilizan las personas con fuerte presencia –replicó Lily y se detuvo al llegar al descansillo–. ¿Por dónde?

Nik suspiró y subieron un tramo más de escalera hasta una suite en la que encontraron a una joven meciendo en brazos a un bebé que no paraba de llorar.

–Lleva veinte minutos llorando y no consigo hacer que pare.

Nik miró la cara de Chloe y la tomó en brazos, pero, en vez de calmarse, su llanto se intensificó. Al instante, se la pasó a Lily.

–Quizá lo hagas tú mejor que yo.

Estaba a punto de decir que la respuesta de Chloe no tenía nada que ver con él, cuando la pequeña se acomodó en su hombro, exhausta.

–Pobrecita. ¿Te has despertado y no sabías dónde estabas? ¿Ha sido el ruido de abajo? –dijo Lily acariciándole la espalda, sin dejar de susurrar palabras amables hasta que el bebé volvió a cerrar los ojos–. Así, así, estás cansada. ¿Tienes sed? ¿Quieres beber algo? –preguntó y miró a Nik, que la observaba con expresión inescrutable–. Di algo.

–¿Qué quieres que diga?

–Algo, lo que sea.

Había tensión en sus hombros y Lily se preguntó si sus sentimientos hacia la niña estarían influenciados por su animadversión hacia Callie.

De repente se dio cuenta de que no estaba mirando a Chloe, sino a ella.

–A ti te gustan los niños –dijo soltándose la pajarita.

–Bueno, no todos los niños, pero a su edad, es fácil encariñarse con ellos.

Pensaba que atravesaría la habitación y que se llevaría a su hermana lejos de ella, pero no se movió. Permaneció apoyado en el marco de la puerta, observándola, y por fin se apartó.

–Parece que tienes esto bajo control. Te veré abajo cuando estés lista.

–No, Nik, espera...

Lily se acercó a él con intención de entregarle a la pequeña para que tuviera contacto con ella, pero Nik se apartó con una expresión fría en su rostro.

–Le diré a Diandra que suba tan pronto como acaben los discursos.

Y con esas, salió a toda prisa de la habitación, dejándola con el bebé.

Capítulo 8

NIK se abrió paso entre los invitados, salió a la terraza y bajó junto a la cascada de agua que caía desde la fuente a la piscina. Los niños lloraban por muchos motivos, lo sabía, pero no pudo evitar preguntarse si Chloe se daba cuenta de que su madre la había abandonado. El hecho de que no hubiera podido reconfortarla no era lo que le había alterado. Había sido la expresión del rostro de Lily el verdadero motivo de su perturbación.

En aquel momento se dio cuenta de la tremenda equivocación que había cometido al llevarla. ¿A quién pretendía engañar? El error había estado en llevarla a su casa después de cenar en aquel restaurante, en vez de dejarla en su apartamento.

No era la mujer adecuada para él ni él el hombre adecuado para ella.

Se quitó la pajarita y se pasó la mano por la cara, maldiciendo en voz baja.

−¿Nik?

Oyó su voz detrás de él y, al darse la vuelta, allí estaba. La luz de la piscina hacía que sus ojos centellearan. El vestido turquesa marcaba las curvas de su cuerpo y su melena rubia, recogida en una trenza griega, resplandecía como un halo. No había habido un hombre que no hubiera reparado en ella y estaba convencido de que no se había dado cuenta. Los celos siempre le habían parecido una emoción oscura y dañina, pero aquella noche los había sentido con toda su intensidad. Debería haberle comprado un vestido negro sin forma, aunque tenía la sensación de que no hubiera supuesto ninguna diferencia.

–Pensaba que estabas con Chloe. ¿Está dormida?

–Diandra se ha hecho cargo. No deberías haberte ido.

Parecía furiosa. No había ni rastro de la dulzura que había mostrado con el bebé.

El viento se había levantado y Nik frunció el ceño al verla estremecerse y frotarse los brazos.

–¿Tienes frío?

–No, estoy muy enfadada, Nik. No me parece justo que lo pagues con una niña, solo porque no soportas a su madre.

Nik respiró hondo. No sabía hasta qué punto ser sincero.

–Lo que pasa no tiene nada que ver con Chloe, sino contigo.

–¿Conmigo? –dijo sorprendida.

–Eres la clase de mujer que no puede evitar tomar un bebé en brazos. Ves rayos de sol en mitad de la tormenta y finales felices por todas partes, y piensas que la familia es la respuesta a todos los problemas del mundo.

Lily se quedó mirándolo sin comprender.

–Me gustan los bebés, es cierto, y no veo por qué tengo que disculparme por querer tener algún día mi propia familia. Sé que a veces la vida es complicada y prefiero fijarme en lo positivo y no en lo negativo. Pero no entiendo qué tiene que ver eso con esta situación. Nada explica la manera en que te has comportado en esa habitación. Dices que la culpa es mía, pero no veo cómo...

De repente, la expresión de Lily cambió.

–Ah, ya lo entiendo –continuó–. Piensas que porque

quiero tener una familia y me gustan los bebés soy una persona peligrosa con la que acostarte, ¿no es cierto?

–Lily...

–No, no pongas excusas ni busques una manera diplomática de expresar lo que sientes. Lo llevas escrito en la cara.

Se levantó la falda del vestido y se fue. Nik apretó la mandíbula, consciente de lo molesta que estaba.

–Espera. No puedes volver con esos zapatos.

–Claro que puedo. ¿Cómo crees que me las arreglo? Antes de conocerte, nunca había subido en una limusina. Voy andando de un sitio para otro porque es más barato –dijo mirando hacia atrás.

Nik la seguía sin saber muy bien cómo intervenir y evitar que se rompiera un tobillo.

–Deberíamos hablar de...

–No hay nada de qué hablar –estalló Lily, sin aminorar la marcha–. Tomo a tu hermana en brazos y temes que eso pueda cambiar nuestra relación. Te preocupa que esto deje de ser una cuestión de sexo y que me enamore de ti. Tu arrogancia es ofensiva.

Le iba a la zaga, preparado para sujetarla si se torcía un pie con aquellos zapatos.

–No es arrogancia, pero el incidente ha servido para confirmar lo diferentes que somos.

–Sí, muy diferentes. Por eso te escogí para acostarme contigo sin más. Es cierto que quiero tener hijos algún día, pero eres el último hombre con quien querría tenerlos.

–Eso no es... ¿Puedes parar un momento?

La tomó del brazo y la hizo darse la vuelta.

–Créeme, Nik, nunca ha habido menos probabilidad de que me enamore de ti que en este preciso momento. Un bebé lloraba desconsolado y lo único en lo que podías pensar era en cómo salir de una relación que ni si-

quiera es tal. Ahora entiendo tus relaciones sin sentimientos. Se te da muy bien el sexo, pero eso es todo.
Da más cariño un ordenador que tú.

Se soltó y continuó bajando por el camino. Nik se
quedó mirándola estupefacto tras su inesperado arran-
que. En términos sentimentales, le gustaba mantener
alejadas a las mujeres. Nunca había aspirado a tener
algo serio y no sentía nada cada vez que sus relaciones
terminaban. No tenía ningún interés en el matrimonio
ni en mantener un compromiso. Pero le preocupaba mucho que Lily estuviera molesta y la sensación le resultaba incómoda.

La siguió a una distancia prudente y se sintió aliviado al ver que se quitaba los zapatos al llegar a la terraza. Los tiró sobre una tumbona y siguió caminando.
Las trenzas se le habían soltado por el viento y varios
mechones de pelo le caían por los hombros desnudos.

Un hombre en su sano juicio la habría dejado a solas
para que se tranquilizara. Pero él la siguió y entró tras
ella en el dormitorio.

–Sal de aquí, Nik.

–No –dijo quitándose la chaqueta y arrojándola a la
silla más cercana.

–Pues deberías irte porque, tal y como me siento, sería capaz de darte un puñetazo.

–Estás muy guapa cuando te enfadas –observó y se
acercó a ella–. ¿Podemos empezar de nuevo esta conversación?

–No tenemos nada más de qué hablar, Nik. No des
otro paso más.

–No debería haberte dejado con Chloe –dijo él sin
detenerse–. Me he comportado como un idiota, lo admito, pero no estoy acostumbrado a relacionarme con
una mujer como tú.

–¿Temes que no entienda las reglas? Créeme, no

solo las entiendo, sino que las aplaudo. No querría enamorarme de alguien como tú. Y deja de mirarme así. De ninguna manera voy a acostarme contigo estando tan enfadada. Olvídalo.

–¿Nunca has tenido sexo furioso?

–El sexo tiene que ser dulce y tierno. ¿Quién querría...?

Nik tomó su rostro entre las manos y comenzó a devorar su boca, sin saber muy bien qué era lo que tanto lo atraía de ella. Sin apartar los labios de los suyos, le levantó el vestido hasta la cintura, deslizó los dedos bajo sus bragas y percibió su cálida humedad. Luego sintió cómo trataba desesperadamente de bajarle la cremallera antes de que su mano se cerrara sobre su miembro. La empujó contra la pared, la tomó por los muslos y la levantó con facilidad, haciendo que lo abrazara con las piernas alrededor de sus caderas.

–Nik...

Lily clavó las uñas en sus hombros mientras él la penetraba, rindiéndose al deseo incontrolado que sentía cada vez que estaba cerca de aquella mujer.

Salió y volvió a embestirla, provocando oleadas de placer en ambos. Desde ese momento, todo se volvió salvaje. Sintió sus uñas en los hombros y el movimiento frenético de sus caderas. Trató de ir más despacio y controlar los movimientos, pero ambos estaban fuera de sí y sintió las primeras sacudidas de Lily antes de rendirse a un clímax explosivo que borró todo de su mente excepto a aquella mujer.

Fue al dejarla en el suelo cuando se dio cuenta de que seguía vestido. No recordaba la última vez que había practicado sexo vestido. Solía tener más delicadeza.

–Me gusta el sexo furioso. Ya no estoy enfadada. Me has enseñado una manera nueva de poner fin a una discusión.

–*Theé mou,* el sexo no es la manera de poner fin a una discusión.

–Tú lo has hecho y ha funcionado. La adrenalina se ha canalizado en otra dirección y ahora estoy más tranquila.

Nik estaba lejos de sentirse tranquilo.

–Lily...

–Sé que todo este asunto es difícil para ti, pero no tienes que preocuparte de que me enamore de ti. Eso no va a ocurrir nunca. Y la próxima vez que tu hermana pequeña llore, no se la pases a otra persona. Sé que no te gustan las lágrimas, pero creo que podrías hacer una excepción con una niña de dos años.

–Necesitaba consuelo y no tengo experiencia con bebés. Mi manera de resolver problemas es delegar funciones a aquellas personas que están mejor preparadas, y en este caso eras tú. Contigo se ha tranquilizado y conmigo no dejaba de llorar.

–Ya aprenderás. La próxima vez, tómala en brazos y reconfórtala. Tal vez así aprendas a relacionarte mejor y puedas practicar esa habilidad con adultos. Si no te resultara tan difícil expresar tus sentimientos, no habrías dejado pasar tanto tiempo sin ver a tu padre. Te adora, Nik, y está muy orgulloso de ti. Sé que no te caía bien Callie, pero ¿no podías haber hecho alguna visita ocasional? ¿Tan difícil te resultaba?

–No sabes nada de ese asunto –dijo y respiró hondo–. Me mantuve apartado por sus sentimientos hacia mí.

–Es lo que digo. Porque vosotros dos os llevarais mal, él no tenía por qué sufrir.

–El problema no era ese. Ella sentía algo por mí –dijo y esperó a que cayera en la cuenta de lo que estaba diciendo, antes de continuar.

–Vaya. ¿Lo sabe tu padre?

–Sinceramente, espero que no. Me mantuve alejado

para evitar que presenciara algo que pudiera hacerle daño. A pesar de mi opinión de Callie, no quería que su matrimonio terminase y menos aún que fuera por mi culpa, porque eso hubiera provocado un abismo entre nosotros.

–Pero al final fue precisamente lo que pasó y ni siquiera se enteró de por qué. ¿Crees que deberías habérselo dicho?

–Me hice esa pregunta muchas veces, pero decidí que no. Durante su breve matrimonio, le fue infiel en varias ocasiones y mi padre se enteró. No quería aumentar su dolor.

–Claro –dijo Lily con los ojos llenos de lágrimas–. Todo este tiempo pensaba que era por tu orgullo por lo que estabas decidido a castigarlo. Estaba equivocada, lo siento. Por favor, perdóname.

–No llores. No hay nada que perdonar.

–Te juzgué mal y saqué una conclusión equivocada. No volveré a hacerlo.

–No importa.

–A mí sí. Has dicho que tuvo aventuras. ¿Crees que Chloe puede no ser...?

Aquella posibilidad se le había pasado también por la cabeza.

–No sé, pero ya no importa. Los abogados de mi padre se están ocupando de que sea una adopción legal.

–Pero si no lo es y tu padre se entera...

–No cambiará sus sentimientos hacia Chloe. A pesar de todo, estoy convencido de que es hija de mi padre. Para empezar, tiene algunos rasgos característicos de mi familia.

–Empiezo a entender por qué te preocupaba que tu padre volviera a casarse de nuevo. ¿Es Callie la razón por la que no crees en el amor?

–No, ya me había formado esa opinión mucho antes de Callie.

Nik esperaba que le hiciera más preguntas, pero, en vez de eso, lo abrazó.

—¿A qué viene esto?

—Porque te viste en una situación muy difícil y tu única opción fue mantenerte alejado de tu padre. Creo que eres una persona muy honesta.

—Lily...

—También porque te falló una mujer a una edad muy vulnerable. Pero sé que no quieres hablar de eso, así que no volveré a mencionarlo. ¿Por qué no nos vamos a la cama y hacemos las paces?

Unas horas más tarde, tumbados en la cama, sus cuerpos entrelazados disfrutaban de la fresca brisa nocturna. Lily pensó que estaba dormido, hasta que se movió y la abrazó.

—Gracias por ayudar con Chloe.

—Algún día me gustaría tener mi propia familia, pero es algo de lo que no suelo hablar. Me gusta mi trabajo, pero no es lo único que quiero hacer en la vida.

—¿Por qué elegiste Arqueología?

—Supongo que porque me fascinaba cómo vivía la gente en el pasado. Nos dice mucho acerca de dónde venimos. Quizá es porque no sé de dónde vengo por lo que siempre me ha interesado.

—¿No sabes nada de tu madre?

—Muy poco. Creo que me quería, pero que no pudo hacerse cargo de mí. Supongo que sería una adolescente. Lo que siempre me he preguntado es por qué nadie pudo ayudarla. Debió de sentirse muy sola y asustada.

—¿Has tratado de localizarla?

—La policía lo intentó en su día, pero no hubo suerte. Pensaron que probablemente fuera de los alrededores de Londres.

Nunca antes había hablado de aquello con nadie y se preguntó por qué lo estaba haciendo con Nik. Quizá fuera porque él también había sido abandonado por su madre, aunque las circunstancias fueran diferentes. O porque su sinceridad hacía que fuera muy fácil hablar con él. Después de descubrir cómo se había equivocado con David Ashurst, era un alivio estar con alguien que era exactamente como parecía. Y aunque lo había acusado de ser arrogante, en parte comprendía que verla con Chloe lo hubiera alterado.

Era evidente que sus problemas con el amor y el matrimonio tenían su origen en una edad muy temprana. Había sido abandonado por su madre, lo que había provocado una infancia llena de inseguridad y falta de confianza. A partir de entonces, se había forjado su creencia de que las relaciones eran algo meramente transitorio.

—Tú y yo no somos tan diferentes, Nik Zervakis. Somos la consecuencia de nuestros pasados, aunque en diferentes direcciones. Dejaste de creer que el amor verdadero existía mientras que yo estoy decidida a encontrarlo. Por eso se nos dan tan mal las relaciones.

—A mí no.

—Tú ni siquiera las tienes, Nik. Tú tienes sexo.

—El sexo es una forma de relacionarse.

—Realmente no. Es algo superficial.

—¿Por qué estamos hablando de mí? Cuéntame por qué crees que se te dan mal las relaciones.

—Porque me preocupo demasiado.

—Tú quieres un cuento de hadas.

—Si lo dices de esa forma, haces que parezca tonta. Lo que quiero es ser esa persona especial para alguien. Por mi vida ha pasado mucha gente, pero nadie ha permanecido. Tengo amigos, buenos amigos, pero no es lo mismo. Quiero ser el sueño hecho realidad para alguien, ser la persona a la que acuda cuando esté triste o contento y junto a la que quiera despertarse y envejecer. Seguro que piensas que estoy loca.

–No es eso lo que pienso.

Su voz era grave y Lily se giró para mirarlo, pero sus rasgos no se distinguían en la oscuridad.

–Gracias por escuchar –dijo conteniendo un bostezo–. Sé que piensas que el amor no existe, pero espero que algún día encuentres a esa persona especial.

–No tengo ninguna duda de que en la cama eres mi favorita. ¿Eso cuenta? –dijo y la tapó con la sábana–. Venga, ahora duerme.

Los siguientes dos días fueron un sin parar de actos sociales. Helicópteros y barcos iban y venían hacia el otro lado de la isla, así que Lily apenas era consciente de la existencia de otras personas. Para ella, todo giraba en torno a Nik.

Había habido un pequeño cambio en su relación, aunque tenía la sensación de que era solo por su parte. En vez de frío y distante, ahora parecía estar en guardia.

Entre una celebración y otra, Lily pasaba el tiempo en la piscina y en la pequeña playa privada de Villa Camomile. Le encantaba nadar en el mar y, en más de una ocasión, Nik había tenido que sacarla a pocos minutos de que tuviera que acompañarlo a alguna comida.

Él estaba ausente con frecuencia, pasando ratos con su padre. Después de aquella primera comida, había dejado de hacer preguntas impertinentes a Diandra y, aunque no era exactamente cariñoso con ella, al menos era educado.

Para eludir la locura de los preparativos de boda, Nik decidió enseñarle la isla a Lily. El día antes de la celebración, la sacó de la cama justo antes de que amaneciera, después de una noche de más sexo que descanso.

—¿Qué horas son estas?

—Ya me darás las gracias. Ponte calzado cómodo.

Se puso unos pantalones cortos y unas zapatillas de correr y, bostezando, lo siguió fuera de la casa. Al ver una Vespa a la puerta, se detuvo en seco.

—Creo que algo extraño le ha pasado a tu limusina.

—Cuando era adolescente, esta era mi manera favorita de moverme por la isla —dijo Nik subiéndose a la moto.

—¿No debería ponerme un casco o algo? —preguntó, colocándose tras él.

—Sujétate a mí.

Recorrieron los caminos de tierra, pasaron por playas preciosas y dejaron la moto junto a las ruinas de un castillo veneciano, desde donde continuaron caminado. La tomó de la mano y llegaron a la cima justo cuando el sol estaba saliendo.

El paisaje era impresionante y se sentaron a ver el amanecer.

—Podría acostumbrarme a vivir aquí. La luz, el clima, la gente... No puedo creer que te criaras aquí. Tienes mucha suerte. Aunque seguro que ya lo sabes.

Nik sacó un termo de café y unas pastas que a Lily le encantaban.

—Las ha hecho Diandra.

—Confiésalo, te empieza a caer bien.

—Admito que lo que pensé que era sentimiento de culpabilidad es timidez.

—Te gusta.

—Bueno, quizá un poco.

—¿Ves como no pasa nada por reconocerlo? Todavía conseguiré que seas un romántico —dijo ella y se terminó la pasta que tenía en la mano—. Ha sido un comienzo de día perfecto.

—¿Ha merecido la pena levantarse?

–Sí, desde luego, pero sería más fácil despertarse si me dejaras dormir por la noche.

–¿Quieres dormir, *erota mou*? –dijo y la besó–. Puedo llevarte a la cama ahora mismo, si eso es lo que quieres.

Lily sintió que su corazón latía con fuerza y tuvo que recordarse que aquello era sexo y nada más.

–¿Qué otra opción tengo?

–Hay ruinas minoicas al oeste de aquí, si quieres que sigamos la excursión.

–Hay restos minoicos por toda Creta –dijo Lily, pensando en que no volvería a tener la oportunidad de pasar tiempo con Nik Zervakis–. Prefiero la cama.

Capítulo 9

LA FLOR y nata europea había acudido a la boda de Kostas Zervakis con Diandra.

Nik estaba muy guapo con un traje oscuro y, a pesar de las reservas que tuviera para asistir a otra boda más de su padre, se las arregló para disimular mostrando su encanto sofisticado.

–Lo estás haciendo bien –murmuró Lily–. Estoy orgullosa de ti. Unas cuantas horas más y todo habrá acabado.

–¿Y cuál será mi recompensa?

–Sexo desenfrenado. Me gusta verte perder el control.

–Nunca pierdo el control.

–Claro que sí, señor Zervakis, y lo odias –dijo mirándolo a los ojos–. Estás acostumbrado a controlarlo todo: la gente que te rodea, tu trabajo, tus sentimientos... Me gusta sentir que soy la responsable de que pierdas ese control férreo. Deja de hablar y concéntrate. Es el momento de Diandra.

La ceremonia salió perfecta y Lily no tuvo dudas de que el amor entre Kostas y Diandra era sincero.

–Es la mujer ideal para él –le susurró a Nik.

–Por supuesto que lo es. Cocina para él, cuida de su hija y hace su vida más fácil.

–Eso no la convierte en especial. Podía pagar a alguien para que lo hiciera.

–A su manera, ya la está pagando.

–No empieces –le reprendió, negándose a que estropeara el momento–. ¿Has visto cómo la mira? Solo tiene ojos para ella. Los demás podríamos desaparecer.

–Es la mejor idea que he oído en mucho tiempo. Hagámoslo.

–No, voy a pocas bodas y esta es perfecta. Algún día, serás tú el que se case –bromeó Lily.

–Lily...

–Lo sé, lo sé –dijo encogiéndose de hombros–. Todo el mundo sueña con bodas. Quiero que hoy todo el mundo sea feliz.

–Perfecto, hagámonos felices el uno al otro. Pero espera. Hay algo que tengo que hacer antes de marcharnos.

Dejó a Lily en la sombra, se acercó a su nueva madrastra y tomó sus manos entre las suyas.

Con un nudo en la garganta, Lily observó cómo se la llevaba aparte. No pudo oír lo que decían, pero vio a Diandra relajada mientras comentaban algo y reían. Al momento, Kostas se les unió.

Aquella celebración le había dejado a Lily una agradable sensación y la certeza de que aquella familia iba ser feliz para siempre.

Solo había una nube negra en el horizonte. Ahora que la boda había acabado, ambos volverían a sus vidas. En la suya, no había sitio para Nik Zervakis. Aun así, les quedaba una última noche y no iba a estropearla pensando en el día siguiente. Estaba absorta en sus fantasías eróticas cuando Kostas apareció a su lado.

–Tengo un enorme favor que pedirte.

–Claro. ¿Podéis quedaros esta noche con Chloe? Quiero estar a solas con Diandra. A Chloe le gusta estar contigo. Tienes mano para los niños.

Los planes de Lily de una noche erótica con Nik para

recordar se esfumaron. ¿Cómo negarse cuando lo suyo con Nik era algo temporal y aquello era para siempre?

–Por supuesto.

Disimuló su decepción con una sonrisa y decidió darle la noticia de que iban a pasar la noche con un bebé cuando fuera demasiado tarde para que Nik pudiera hacer algo. Así que, en vez de reclamar su ayuda para llevar las cosas de Chloe a la casa, lo hizo ella sola, después de pedirle a Diandra que le dijera que estaba cansada y que lo esperaba en Villa Camomile.

Estaba metiendo a Chloe en la cama, cuando oyó pasos en la terraza.

–Deberías haberme esperado –dijo Nik apareciendo por la puerta.

–Calla, está durmiendo.

–¿Quién está durmiendo?

–Chloe –dijo señalándola en medio de la cama–. Es su noche de bodas, Nik. No quieren tener que estar pendientes de levantarse para atender a un bebé. Tampoco tú tienes que hacerlo. Yo me ocuparé.

Nik se quitó la corbata y la chaqueta.

–¿Va a dormir en la cama?

–Sí. Pensé que podíamos cuidarla juntos –dijo mirándolo, sin saber cómo iba a reaccionar–. Sé que va a estropear nuestra última noche juntos. ¿Estás enfadado?

–No, es lo correcto. Debería habérseme ocurrido antes.

–Puede que no nos deje dormir.

–Ya estamos acostumbrados –comentó con picardía en su mirada–. Dime qué quieres que haga. Quiero que la niña se sienta segura y querida.

Lily sintió que se derretía.

–No tienes que hacer nada. Y, si prefieres irte a dormir, está bien.

–Tengo una idea mejor. Tomemos algo en la terraza. Así, si se despierta, podremos oírla.

–Me parece buena idea. No tomé nada en la boda por miedo a que algo saliera mal.

–Sé a lo que te refieres –dijo él acariciándole el rostro–. Gracias por venir conmigo.

Lily sintió que sus latidos se aceleraban.

Un llanto procedente del dormitorio rompió la magia del momento.

–¿Puedes ir a verla mientras preparo un biberón?

–De acuerdo, pero no me culpes si lo empeoro todo.

Lily se apresuró a ir a la cocina y calentó la leche, sin dejar de oír los lloros. Al salir, el llanto había cesado y se detuvo junto a la puerta del dormitorio, sobrecogida ante la imagen de Nik con su hermana en brazos, acariciándole la espalda mientras la sujetaba contra su hombro. Con su voz profunda, le estaba susurrando algo en griego.

No entendía lo que le estaba diciendo, pero parecía estar funcionando porque Chloe había apoyado la cabeza en su hombro y empezaba a cerrar los ojos.

–Siéntate y dale el biberón –sugirió Lily.

Nik salió a la terraza y se sentó en una tumbona con la pequeña en brazos.

–Cuando dije que quería pasar la velada en la terraza con una mujer, no era esto precisamente lo que tenía en mente.

Sonriendo, Lily se sentó a su lado y le ofreció el biberón a la niña.

–Déjame a mí –dijo Nik, quitándole el biberón de la mano.

–¿Lo ves? Tienes un don natural –comentó Lily al ver que Chloe empezaba a tomar la leche.

Cuando se la terminó, Nik le devolvió el biberón a Lily.

–Está profundamente dormida. Ahora ha llegado el

momento de ocuparme de ti –dijo mirándola con picardía.

Lily sintió un vuelco en el estómago.

–La meteré en la cama –dijo tomando a Chloe de brazos de Nik.

–Yo iré a por el champán.

Lily llevó de puntillas a Chloe a la habitación y la metió en la enorme cama. Luego, cerró la puerta y dejó el biberón en la cocina.

–¿Se ha quedado dormida?

–Sí, no creo que se despierte. Está agotada –respondió y bebió un sorbo de champán–. Ha sido una boda preciosa. Me cae muy bien Diandra.

–A mí también.

–¿Crees que está enamorada? –preguntó Lily y bajó la copa.

–No soy un experto juzgando emociones, pero parecen muy felices juntos. Y estoy muy sorprendido por lo bien que ha recibido a Chloe.

–Creo que Chloe tendrá un hogar estable –comentó Lily, antes de quitarse los zapatos y sentarse en una tumbona.

Nik se sentó a su lado, rozándole el muslo con el suyo.

–Tú no lo tuviste.

–No –dijo y se quedó mirando la piscina iluminada–. Era una niña muy enfermiza y creo que por eso pase de un hogar de acogida a otro.

–¿No quisieron adoptarte?

–Los niños mayores no son fáciles de ubicar, especialmente si son enfermizos. Cada vez que llegaba a una casa nueva, esperaba que fuera la definitiva. Pero ya está bien de hablar de esto. No te gusta hablar de familia ni de asuntos personales.

–Contigo, hago cosas que no hago con otras personas, como ir a bodas –dijo Nik y le hizo girar la cara para besarla–. Tuviste una infancia difícil y aun así crees que es posible algo diferente.

–Porque no hayas conocido algo no quiere decir que no exista.

–Así que, a pesar de tus desastrosas relaciones, todavía crees que hay un final feliz esperando para ti.

–Ser feliz no tiene que ver con las relaciones. Ahora mismo soy feliz. Me lo he pasado muy bien –dijo esbozando una sonrisa falsa–. ¿Te he asustado?

Nik no contestó. Acercó de nuevo su cabeza a la suya y se fundieron en un beso. Lily deseó que el tiempo se parara y que aquel instante durara para siempre.

–Nunca antes había conocido a alguien como tú –dijo ella cuando por fin se separaron.

–¿Frío e insensible? Eso es lo que me dijiste la primera noche.

–Estaba equivocada.

–No, no lo estabas.

–Te muestras así con la gente que no te conoce y con los que intentan aprovecharse de ti. Me gustaría ser como tú. Eres muy analítico. Hay otro aspecto de ti que no sueles mostrar al mundo, pero no te preocupes, es nuestro secreto.

–Lily...

–No temas. Todavía sigo sin estar enamorada de ti, pero no creo que seas tan frío como hace una semana.

«Sigo sin estar enamorada de ti».

Había dicho aquellas palabras muchas veces durante su corta relación y siempre de broma. Era su manera de recordar que lo suyo era diversión y sexo, y no algo más profundo. Hasta entonces. En aquel momento, se dio cuenta de que ya no era cierto.

No sabía en qué punto sus sentimientos habían cambiado, pero así era y aquella ironía le resultaba dolorosa.

Siempre había buscado la compatibilidad en sus relaciones. David Ashurst le había parecido el hombre adecuado, pero había resultado ser un fiasco. Sin embargo, Nik, que no cumplía ninguno de los requisitos en su lista, había resultado ser el hombre perfecto en todos los aspectos. Había demostrado ser honesto y leal con su familia, y, en parte, por eso lo quería.

Quería quedarse allí con él para siempre, respirar la brisa marina y disfrutar de aquella vida de felicidad. Pero no era lo que él quería y nunca lo sería.

A la mañana siguiente, Nik dejó a Lily haciendo la maleta y llevó a Chloe con su padre y Diandra, que estaban desayunando en la terraza.

Diandra se llevó a Chloe dentro para cambiarle el pañal y Nik se quedó a solas con su padre.

–Estaba equivocado. Me cae bien Diandra. Me parece una buena mujer.

–Y a ella le caes bien. Me alegro de que hayas venido a la boda. Espero que vuelvas a visitarnos pronto –dijo Kostas e hizo una pausa antes de continuar–. A los dos nos gusta Lily.

Nik no solía aspirar a tener relaciones duraderas con las mujeres con las que salía, pero, en este caso, no podía dejar de pensar en lo que le había dicho: «Quiero ser esa persona especial para alguien».

Según le había dicho, no buscaba un cuento de hadas, pero, en su opinión, confiar en que una relación durara de por vida era un gran cuento de hadas. Dudaba que hubiera un hombre capaz de cumplir el sueño de Lily.

–Es muy soñadora.

–¿Tú crees? –dijo su padre mientras echaba miel en un yogur–. No estoy de acuerdo. Creo que tiene las cosas claras. Es una joven muy lista.

–Lo es, pero, en lo que a relaciones se refiere, tiene tan poco juicio como...

–Como yo, ¿no era eso lo que ibas a decir? –preguntó Kostas, sirviéndole un café a Nik–. Crees que no he aprendido la lección, pero cada relación me ha enseñado algo. A lo que no estoy dispuesto es a darme por vencido en el amor. Por eso he encontrado a Diandra. Sin todas esas relaciones, no estaría aquí ahora.

–¿De veras tratas de convencerme de que, si pudieras dar marcha atrás al reloj, no cambiarías nada?

–Así es. Para mí, no son errores. La vida está llena de altos y bajos. Todas las decisiones eran las correctas en su momento y cada una de ellas me llevó a otras cosas, algunas buenas y otras malas.

Nik lo miraba incrédulo.

–Cuando mi madre se fue, te quedaste abatido. Temí que no lo superaras. ¿Cómo puedes decir que no te arrepientes de nada?

–Porque por un tiempo fuimos felices, e incluso cuando se rompió, te tenía a ti –explicó su padre antes de dar un sorbo al café–. Me habría gustado darme cuenta en aquel momento de lo mucho que te afectó para haber intentado evitar el daño que te causó.

–¿Así que volverías a casarte con ella y con Maria y con Callie?

–Por supuesto. El amor no tiene garantías, es cierto, pero es lo único en la vida por lo que merece la pena luchar.

–Yo no lo veo de esa manera.

–Cuando estabas empezando tu negocio y encontrabas algún obstáculo, ¿te diste por vencido?

–No es lo mismo. En mi empresa, nunca tomo decisiones basadas en sentimientos.

–Y ese es tu problema, Niklaus.

Capítulo 10

EL VIAJE de regreso a Creta fue una tortura. Mientras el barco aceleraba sobre las olas, Lily giró la cabeza para mirar Villa Camomile una última vez. Nik iba callado y se preguntó si ya estaría cansado de ella. Seguramente estaría deseando seguir con su vida y conocer a la siguiente mujer con la que mantener una relación física. La idea de él con otra mujer la ponía enferma y se aferró al costado de la embarcación.

—¿Te mareas?

Pensó en negarlo, pero al darse cuenta de que tendría que dar explicaciones, asintió.

Su consideración lo complicaba todo. Habría sido mucho más fácil si hubiera seguido creyendo que era el egoísta millonario que todos pensaban que era.

El camino en coche desde el muelle hasta su casa debería haber sido placentero, pero cuanto más se acercaban a su destino, más triste estaba.

Sumida en sus pensamientos, cuando Nik se detuvo ante las grandes puertas de hierro que separaban su casa del resto del mundo, Lily se dio cuenta de su error.

—Se te ha olvidado dejarme en mi casa.

—No se me ha olvidado. Te llevaré a tu casa si eso es lo que quieres o puedes pasar la noche aquí conmigo.

—Pensé... Me gustaría quedarme.

Nik murmuró algo en griego y siguió conduciendo.

Lily se dio cuenta de que estaba excitado y se le levantó el ánimo. Aunque no la amara, la deseaba. No había sido una aventura de una noche. Habían tenido mucho más que eso.

Nik cambió de marcha y alargó el brazo para tomar su mano. Llevaba una camisa que dejaba ver la piel bronceada de la base de su cuello y Lily se sintió tentada a inclinarse y recorrer aquella parte de él con la lengua.

–Ni se te ocurra –dijo Nik entre dientes–, o tendremos un accidente.

–¿Cómo sabías lo que estaba pensando?

–Porque yo estoy pensando lo mismo.

–Necesitas una casa con un camino de acceso más corto.

Él rio y, justo cuando estaban llegando ante la casa, su teléfono sonó.

–Contesta.

–Colgaré enseguida.

Apretó el botón y empezó a hablar. Lily estaba perdida en un mundo de ensoñación, imaginando la noche que les esperaba, cuando lo oyó decir algo sobre su avión privado y Nueva York.

La llamada la sacó de sus fantasías. ¿Qué estaba haciendo? ¿Por qué se aferraba a aquella relación si sabía que era algo temporal? ¿De verdad confiaba en que fuera ella la que lo hiciera cambiar?

No debería haber vuelto allí. Debería haberle pedido que la dejara en su casa y poner fin a aquello con dignidad. Aprovechando que seguía al teléfono, tomó el bolso y salió del coche.

–Gracias por traerme, Nik –susurró–. Hasta pronto.

Pero sabía que no sería así. Nunca más volvería a verlo.

–Espera.

–Atiende la llamada. Tomaré un taxi –dijo y empezó a caminar lo más rápido que pudo por el camino de acceso bajo un calor abrasador.

Era lo mejor. Habían acordado sexo sin ataduras y no era culpa de Nik que sus sentimientos hubieran cambiado.

Le picaban los ojos y buscó las gafas de sol en su bolso. Un coche se acercaba por el camino y reconoció que era el que los había llevado a la inauguración del museo. El coche se detuvo a su lado y Vassilis bajó la ventanilla y la miró.

–Hace mucho calor para ir andando, *kyria.* Entre en el coche. La llevaré a casa.

Estaba a punto de darle la dirección cuando su teléfono emitió un pitido. Era un mensaje de texto de Brittany: *Me he caído en el yacimiento y me he roto la muñeca. Estoy en el hospital. ¿Puedes traerme ropa?*

–Vassilis, ¿puede llevarme directamente al hospital? Es urgente.

El hombre giró en dirección al hospital y la miró por el retrovisor.

–¿Hay algo que pueda hacer?

–Ya lo está haciendo, gracias.

Al menos, atender a Brittany le daría otra cosa en la que pensar.

–¿Dónde quiere que la deje? –preguntó Vassilis al llegar al hospital.

–En urgencias.

–¿Sabe el jefe que está aquí?

–No, y no tiene por qué saberlo –dijo, y se echó hacia delante impulsivamente y le dio un beso en la mejilla–. Gracias por traerme. Es usted un encanto.

Lily encontró a Brittany en urgencias, sola en una habitación. Estaba sentada, pálida y desconsolada, con la cara llena de moratones y la muñeca escayolada.

–¿Puedo darte un abrazo?

–No, porque soy peligrosa. Estoy de mal humor. ¡Es mi mano derecha! La mano con la que excavo, con la que escribo, con la que como... Estoy tan enfadada con Spy.

–¿Por qué, qué ha hecho?

–Me hizo reír. Me estaba riendo tanto que no miré dónde ponía el pie y me caí al agujero. Puse la mano para sujetarme y me di con la cabeza en una vasija que habíamos encontrado un rato antes. Ahora quieren hacerme más pruebas para asegurarse de que no tengo daños cerebrales.

–A mí me parece que tu cabeza está perfectamente, pero me alegro de que quieran asegurarse.

–¡Quiero irme a casa!

–¿A ese diminuto apartamento?

–No, me refiero a Puffin Island. No tiene sentido quedarme aquí si no puedo excavar. ¿Puedes conseguirme un vuelo a Boston? El médico me ha dicho que, si está todo bien, mañana mismo puedo volar. Mi tarjeta de crédito está en el apartamento –dijo y se tumbó cerrando los ojos.

–¿Te han dado algo para el dolor?

–Sí, pero no me ha hecho efecto. Me vendría mejor un tequila. Vaya, ¡qué egocéntrica soy! –exclamó y abrió los ojos–. No te he preguntado por ti. Tienes mal aspecto. ¿Qué ha pasado? ¿Qué tal la boda?

–Estupenda –contestó, esforzándose en mostrarse animada–. Me lo pasé muy bien.

–¿Cuánto de bien? Quiero que me cuentes detalles –dijo su amiga y entonces reparó en el collar de Lily–. Vaya. Eso es...

–Sí, de Skylar, de su colección *Cielo mediterráneo*.

–Me muero de envidia. ¿Te lo ha regalado él?

–Sí –contestó acariciándolo–. Tenía uno de sus jarrones. ¿Te acuerdas de aquel grande azul? Lo reconocí y, cuando se enteró de que conocía a Skylar, pensó que esto me gustaría.

–¿Te lo regaló sin más? Ese collar cuesta...

–No me lo digas o me sentiré obligada a devolvérselo.

–Ni se te ocurra. Te ha hecho un regalo muy bueno, Lily. ¿Cuándo vas a volver a verlo?

–Nunca. Esto era sexo por despecho, ¿recuerdas?

La sonrisa de Brittany desapareció y frunció el ceño.

–Te ha hecho daño, ¿verdad? Voy a matarlo justo después de abollarle el Ferrari.

–Es culpa mía –dijo Lily y dejó de fingir que todo estaba bien–. He sido yo la que se ha enamorado. Todavía no entiendo cómo ha pasado porque somos muy diferentes –añadió sentándose al borde de la cama–. Pensé que no cumplía ninguno de los requisitos de mi lista, pero luego me di cuenta de que sí. Eso es lo peor de todo. No sé seguir reglas.

–¿Estás enamorada de él? ¡Lily! Un hombre como él no sabe amar.

–Estás equivocada. Quiere mucho a su padre. No le gusta demostrarlo, pero el vínculo entre ellos es muy fuerte. En lo que no cree es en el amor romántico. No cree en ese sentimiento.

Y sabía muy bien por qué. Había sufrido mucho y ese dolor había marcado su vida. Había dejado de sentirse seguro a una edad muy temprana y había decidido proveerse de otro tipo de seguridad, una que pudiera controlar. Así se había asegurado de que nadie volviera a hacerle daño nunca más.

–Olvídalo –dijo Brittany tomándola de la mano–. Es un canalla.

–No, no lo es. Es sincero con lo que quiere. Nunca engañaría a nadie como hizo David.

–No es lo suficientemente bueno. Debería haberse dado cuenta del tipo de persona que eres y haberte llevado a casa aquella primera noche.

–Lo intentó. Me dijo exactamente a lo que estaba dispuesto y fui yo la que tomó la decisión.

–¿Te arrepientes, Lily?

–¡No! Han sido los mejores días de mi vida. Me gustaría que el final hubiera sido diferente, pero... –dijo y respiró hondo antes de continuar–. Voy a dejar de soñar con cuentos de hadas y a ser un poco más realista. Intentaré parecerme a Nik y trataré de cuidarme yo sola. Así, cuando alguien como David aparezca en mi vida, será menos probable que cometa un error.

–¿Y tu lista de requisitos?

–Voy a tirarla. Al final, no ha servido para nada –aseveró y se puso de pie, haciendo acopio de toda su fuerza de voluntad–. Me voy al apartamento a traerte ropa y a hacerte reserva en el primer vuelo.

–Ven conmigo. Te encantaría Puffin Island. Es un lugar precioso. Nada te retiene aquí, Lily. Tu proyecto ha terminado y no puedes permitirte pasar el mes de agosto recorriendo Grecia. Es un lugar espectacular, tienes que venir. Mi abuela pensaba que tenía efectos reparadores, ¿recuerdas? Creo que ahora mismo es lo que necesitas.

–Gracias, lo pensaré –dijo y le dio un abrazo a su amiga.

Tomó un taxi a casa e intentó no pensar en Nik. Era ridículo sentirse tan hundida. Desde el principio, sabía que solo había un final para aquello. Estaría bien siempre y cuando estuviera ocupada. Pero ¿y él? La siguiente mujer con la que saliera no sabría nada de su pasado porque no se lo contaría. No le entendería. No encontraría la manera de atravesar las capas de protección entre el mundo y él, y lo dejaría. No se merecía estar solo, se merecía ser amado.

Se contuvo para no tumbarse en la cama y ponerse a llorar. Brittany la necesitaba. No tenía tiempo para lamerse las heridas. Brittany la necesitaba.

Estaba doblando una camisa cuando oyó jaleo en la calle. No podía ser el taxi tan pronto. A punto de asomarse a la ventana, alguien llamó a su puerta.

–Lily, abre la puerta.

¿Qué estaba haciendo Nik allí?

–Deja de aporrear la puerta. Los materiales de estos apartamentos son pésimos –dijo abriendo con cautela–. ¿Ocurre algo? –preguntó preocupada al ver su expresión–. No tienes buena cara.

–¿Estás enferma? Vassilis me ha dicho que te llevó al hospital.

–Brittany está en el hospital. Se cayó y me ha pedido que le lleve unas cosas. El taxi llegará en cualquier momento.

–¿Por qué te fuiste? –preguntó sujetándola de la muñeca para impedir que se diera la vuelta–. Habíamos acordado pasar la noche juntos.

Consciente de que los vecinos debían estar disfrutando con el espectáculo, pasó junto a él y cerró la puerta.

–Es lo que ocurre con el sexo sin ataduras. No debería haber accedido. No estaba cumpliendo las reglas. Además, Brittany me necesitaba y, cuando sonó tu teléfono, me pareció el momento adecuado para marcharme –dijo Lily y se fue al dormitorio para acabar de recoger las cosas de Brittany–. Así que te marchas a Nueva York, ¿eh?

–He de ocuparme de un asunto de trabajo, pero antes debo resolver aquí unas cuantas cosas.

Lily se preguntó si ella sería una de esas cosas. Quizá Nik estuviera intentando encontrar la manera de recordarle que su relación no había sido nada serio.

–Tengo que volver al hospital. Brittany se ha roto una muñeca. Tengo que llevarle ropa y comprarle un billete de avión para volver a Maine. Me ha invitado a pasar el mes de agosto allí con ella. Voy a decirle que sí.

–¿Es eso lo que quieres?

«Por supuesto que no es lo que quiero».

–Será fantástico. ¿Querías algo, Nik? Porque tengo que llevarle la ropa al hospital y luego pelearme con la wifi para comprar el dichoso billete. Antes de que Internet dejara de funcionar, vi que iba a ser un viaje de más de diecinueve horas, así que voy a irme con ella porque no puede hacerlo sola. Claro que como no me da el presupuesto para un billete a Estados Unidos, voy a tener que hacer un juego de malabares para financiarlo.

–¿Y si quiero cambiar las reglas?

–¿Cómo?

–Has dicho que no estabas cumpliendo las reglas –dijo observándola con atención–. ¿Y si quiero cambiar las reglas?

–Tal y como me siento ahora, diría que no.

–¿Cómo te sientes?

Estaba completamente segura de que no quería que contestara a aquella pregunta.

–El taxi llegará en cualquier momento y tengo que reservar los vuelos...

–Te llevaré al hospital y luego pediré que preparen el Gulfstream. Podemos volar directamente a Boston, así que asunto arreglado. Ahora, cuéntame cómo te sientes.

–Espera un momento. ¿Estás ofreciendo llevar a Brittany en tu avión privado? Cuando te he dicho que no podía permitírmelo, no estaba pidiendo un donativo.

–Lo sé. Pero parece que Brittany está en apuros y siempre estoy dispuesto a ayudar a los amigos en apuros.

Aquello confirmaba todo lo que sabía de él, pero, en lugar de animarse, se sintió peor.

–Es amiga mía, no tuya.

–Espero que tus amigos sean pronto mis amigos. ¿Podemos concentrarnos un momento en nosotros?

–¿Nosotros?

–Si no quieres hablar de tus sentimientos, entonces lo haré yo. Antes de que nos marcháramos de la isla esta mañana, tuve una larga conversación con mi padre.

–Me alegro.

–Siempre creí que sus tres matrimonios eran errores, algo de lo que se arrepentía, pero hoy me he dado cuenta de que no se arrepiente de nada. Sí, sufrió, pero eso no afectó a su convicción de que el amor existía. Confieso que ha sido toda una sorpresa para mí. Pensaba que, si hubiera podido dar marcha atrás al reloj para hacer las cosas de otra manera, lo habría hecho. Cuando mi madre se fue, fui testigo de lo mucho que sufrió, y eso me asustó.

Su sinceridad la conmovió, pero contuvo el deseo de rodearlo con sus brazos y abrazarlo.

–No tienes por qué contarme esto. Sé que odias hablar de estas cosas.

–Quiero hacerlo. Es importante que lo entiendas.

–Lo entiendo. Tu madre te abandonó. Es normal que no creyeras en el amor. ¿Por qué ibas a hacerlo? Nadie te lo demostró.

–A ti tampoco y nunca has dejado de creer en él.

–Quizá soy tonta –dijo Lily esbozando una medio sonrisa.

–No, eres la mujer más inteligente, divertida y sexy que he conocido en toda mi vida y de ninguna manera voy a dejar que salgas de mi vida. He venido para renegociar las condiciones de nuestra relación.

Al oír aquello, Lily contuvo la risa. Solo Nik podía hacer que pareciera un asunto de negocios.

–¿Es porque sabes que siento algo por ti y te doy lástima? Porque, sinceramente, estaré bien. Lo superaré.

Confiaba en que aquello sonara más convincente de lo que se sentía.

–No quiero que me olvides ni que nadie se aproveche de ti.

–Sabré cuidarme yo sola. He aprendido mucho de ti.

–Eres muy ingenua y necesitas que alguien con un punto de vista menos optimista cuide de ti. No quiero que esto sea una relación sin ataduras, Lily. Quiero más.

–¿De qué estamos hablando? ¿Cuánto más?

–Todo –respondió acariciándole el pelo–. Me has hecho creer en algo que pensé que no existía.

–¿En cuentos de hadas?

–En amor, me has hecho creer en el amor –dijo y respiró hondo–. A menos que esté muy equivocado, creo que tú también me amas. Probablemente es más de lo que me merezco.

Lily sintió que el corazón se le encogía. Los ojos se le llenaron de lágrimas y se llevó la mano a la boca.

–Voy a llorar y lo odias. Lo siento, será mejor que salgas corriendo.

–Es cierto que odio que llores, pero no voy a salir corriendo. ¿Por qué iba a marcharme cuando lo mejor de mi vida está aquí? –dijo y se llevó la mano al bolsillo y sacó un pequeño estuche–. Lily, eres esa persona especial para mí. Sabes que me gusta cumplir objetivos y, ahora mismo, el más importante es convencerte de que te cases conmigo. Skylar no hace anillos de compromiso, pero espero que te guste esto.

–¿Me estás pidiendo que me case contigo? ¿Me quieres, estás seguro? –dijo, y abrió el estuche y sacó un anillo de diamantes–. Estoy empezando a creer en los cuentos de hadas después de todo. Yo también te quiero. No pensaba decírtelo, no me parecía que fuera justo para ti. Desde el principio dejaste las reglas claras y yo las rompí. Fue culpa mía.

–Sabía cómo te sentías. Iba a obligarte a que me lo contaras, pero entonces sonó el teléfono y desapareciste. Para ti no es la primera vez que estás enamorada –comentó él con expresión seria.

–Eso es lo curioso –dijo alzando la mano para mirar de nuevo el anillo–. Pensé que lo había estado, pero después de estar contigo y de contarte tantas cosas, me di cuenta de que contigo era diferente. Creo que estaba enamorada del amor. Pensé que sabía qué cualidades quería en una persona. Tengo que cambiar y aprender a protegerme.

–No quiero que cambies, quiero que sigas siendo como eres. Yo puedo ser ese escudo protector.

–¿Quieres ser mi armadura?

–Si eso significa pasar el resto de mi vida pegado a ti, me parece bien.

Sus bocas se unieron y Lily pensó que aquella era la felicidad con la que tanto había soñado.

–Iba a pasar el verano en Puffin Island con Brittany.

–Pásalo conmigo. Tengo que estar la semana que viene en Nueva York, pero antes podemos dejar a Brittany en Maine. Luego podemos ir a San Francisco y empezar a planear nuestra vida juntos.

–¿Quieres que vaya contigo a San Francisco? ¿Qué clase de trabajo encontraría allí?

–Hay muchos museos, pero ¿qué te parece dedicar más tiempo a la cerámica?

–No puedo permitírmelo.

–Ahora sí porque lo mío es tuyo.

–No podría hacer eso. No quiero que nuestra relación se base en el dinero –dijo ella sonrojándose–. Quiero mantener la propiedad de mi vieja bicicleta, así que necesito que firmes uno de esos acuerdos prenupciales para protegerme en caso de que quieras hacerte con todo lo que tengo.

Nik sonrió.

–Los acuerdos prenupciales son para gente que cree que sus relaciones no van a durar, *theé mou.*

Aquellas palabras y la sinceridad de su voz finalmente la convencieron de que lo decía de verdad, pero no era suficiente para convencerla de que aquello estaba pasando realmente.

–Ahora en serio, ¿qué aporto yo a esta relación?

–Tu optimismo. Eres una inspiración, Lily. Estás deseando brindar tu confianza, a pesar de haber sufrido. Nunca has tenido una familia estable y eso no te ha impedido creer que puede haber una para ti. Vives la vida conforme a lo que crees y quiero compartir esa vida contigo.

–¿Así que aporto una sonrisa y tú un avión privado? No sé si es un acuerdo justo.

–Lo es, aunque tengo que reconocer que el que sale ganando soy yo –dijo y la besó de nuevo–. Ser artista es perfectamente compatible con tener bebés. Viviremos entre Estados Unidos y Grecia.

–Espera. Vas muy rápido para mí. He pasado de ser dueña de una bicicleta a compartir un avión.

–Y cinco casas.

–Un momento –dijo ella, recapacitando en lo que acababa de decir–. ¿Has dicho bebés?

–¿Me equivoco? ¿Sueno muy tradicional? Lo que intento decir es que estoy dispuesto a cualquier cosa por ti.

–¿Quieres tener hijos? –preguntó y lo abrazó–. No, no te equivocas, tener hijos es mi sueño.

Nik rozó sus labios con los suyos.

–¿Qué te parece si empezamos ya? Lo único en lo que pienso ahora es en lo guapa que vas a estar embarazada, así que tengo la sensación de que he retrocedido a la época del hombre neandertal. ¿Te molesta?

—Soy una experta en el *homo neanderthalensis*.

—No sabes cuánto me alegra oír eso —dijo tomándola en sus brazos.

—Hemos tenido sexo por diversión, sexo atlético y sexo con furia. ¿Qué clase de sexo es este?

—Sexo por amor —contestó Nik junto a su boca—. Y va a ser el mejor.

Acepte 2 de nuestras mejores novelas de amor GRATIS

¡Y reciba un regalo sorpresa!

Oferta especial de tiempo limitado

Rellene el cupón y envíelo a
Harlequin Reader Service®
3010 Walden Ave.
P.O. Box 1867
Buffalo, N.Y. 14240-1867

¡Sí! Por favor, envíenme 2 novelas de amor de Harlequin (1 Bianca® y 1 Deseo®) gratis, más el regalo sorpresa. Luego remítanme 4 novelas nuevas todos los meses, las cuales recibiré mucho antes de que aparezcan en librerías, y factúrenme al bajo precio de $3,24 cada una, más $0,25 por envío e impuesto de ventas, si corresponde*. Este es el precio total, y es un ahorro de casi el 20% sobre el precio de portada. !Una oferta excelente! Entiendo que el hecho de aceptar estos libros y el regalo no me obliga en forma alguna a la compra de libros adicionales. Y también que puedo devolver cualquier envío y cancelar en cualquier momento. Aún si decido no comprar ningún otro libro de Harlequin, los 2 libros gratis y el regalo sorpresa son míos para siempre.

416 LBN DU7N

Nombre y apellido	(Por favor, letra de molde)
Dirección	Apartamento No.
Ciudad	Estado Zona postal

Esta oferta se limita a un pedido por hogar y no está disponible para los subscriptores actuales de Deseo® y Bianca®.
*Los términos y precios quedan sujetos a cambios sin aviso previo.
Impuestos de ventas aplican en N.Y.

SPN-03   ©2003 Harlequin Enterprises Limited

UNIDA A TI

KATHIE DeNOSKY

Josh Gordon se metió por error
en la cama de Kiley Roberts sin
saber con quién se había acostado. Tres años después, sin olvidar la explosiva noche que
habían pasado juntos, no tenía
intención de financiar la guar-
dería del Club de Ganaderos
de Texas que dirigía la atractiva
madre soltera que era Kiley.
La tentación de mezclar los negocios con el placer era innega-
ble, y cuando Josh vio la devo-
ción que Kiley sentía por su

hija, solo pudo desear formar parte de esa familia. Y entonces le surgieron dudas de quién era el verdadero padre de la niña.

¿Los uniría o los separaría la verdad?

¡YA EN TU PUNTO DE VENTA!

Bianca

Hoy te serán depositadas 100.000 libras esterlinas en la cuenta de tu obra de beneficencia, siempre y cuando te encuentre en mi cama esta noche

Aleksy Dmitriev buscaba la venganza. Sin embargo, el plan tuvo un efecto indeseado al descubrir que su última amante, Clair Daniels, era virgen, por lo que no podía haber sido la amante de Victor Van Eych.

A pesar de no haber obtenido su venganza, Aleksy no se privó del disfrute de su nueva adquisición.

Pero Clair estaba destinada a ser mucho más que un mero botín para el implacable ruso.

HARLEQUIN _Bianca_

Dani Collins
Un ruso implacable

Un ruso implacable

Dani Collins